아무튼 씨 미안해요

아무튼 씨 미안해요

김중일 시집

창비

차 례

제1부

제2부

제3부

제1부

물고기

나는 물고기였으니

어머니가 살집을 다 발라내시면 드러나는
잃어버렸던 앙상한 열쇠였으니

물속에서 온몸을 비틀어
물의 금고를 열었던
열쇠의 형상을 한 물고기였으니

금고 속엔 물거품과 백지만 가득했으니

몸속에 꽁꽁 숨겨온 자물통 같은
어머니 자궁 속에 꽂힌,
한 늙은 극작가가 불행 속에 쓴
희극의 첫 막을 열었던 열쇠였으니

그리하여 여기 발밑에 버려진
오래된 극장의 열쇠였으니

새벽의 후렴

새벽의 악장(樂長)을 맡아온 오리는
창틀 위에 쪼그려앉아
어둠에 삼켜져 보이지도 않는 먼 산을 보고 있었다
그날 새벽도 폭설을 뚫고 온 삼단 우산처럼
작고 뭉뚝하고 낡은 그림자를 접어 문설주 옆에 세워두고
오리는 융커튼 같은 폭설에 가려져 보이지도 않는
오리(五里) 앞의 강을 보고 있었다 강 너머에 두고 온
오리나무숲의 주검들을 생각하는 것 같지는 않았다

매일 밤 음악적 신념을 갖고 꼬박꼬박 찾아오는
오리의 눈뭉치처럼 자그맣고 찬 뺨을 두 손으로 감싼 채
내 코앞까지 끌어당기며 물었다
이봐, 너의 눈에는 어떤 슬픔도 찾아볼 수 없구나,
주둥이 대신 궁둥이를 씰룩거리며 오리는
아무런 저항도 없이 나의 두 손에 작은 머리를 내맡긴 채
콩자반같이 반들거리는 동공 가득 나를 담고 있었다

하필 손가락은 왜 다섯개인가

한번은 다섯 손가락을 힘껏 펴고
성에 낀 새벽의 창문을 움켜쥔 적이 있었다
내가 움켜쥐었던 창문에 난 자국들은
곧 새벽과 함께 흘러내릴 오선지, 텅 빈 악보였다

오선지 위에서 노래하고 춤추는 오리
같은 자리를 빙글빙글 돌며 고심하는 오리
언제나 꽥꽥 꽥꽥꽥 습관적 리듬에 맞춰
가래를 뱉거나 창작의 고통을 토해내는 오리
오늘도 후렴이나 메아리처럼 날 찾아오는 오리와
넌 몇살이니? 서로 물으면서
빈집을 찾아들어가 손잡고 나란히 누워보면 알 수 있다
지금 우리의 등 밑에서 도돌이표처럼
달라붙어 있는 우리의 그림자가 우리를
세상의 모든 후렴들의 소각장으로 돌려보낼 것이란 걸

곧 성벽 같은 새벽을 철거하기 위해
철거반들이 들이닥치겠지만

그들을 피해 골방의 턴테이블이
불법노점상 같은 빈집을 어디론가 굴려가는 사이
오리는 아래 나는 그 조금 위,
문설주에 돌쩌귀처럼 나란히 달라붙어
세간들이 소집된 빈집 마당을 내다보며
꺽꺽 꺽꺽꺽거리고만 있을 테지

가구에 가려졌던 벽지에는
끝내 아무런 지령도 발견되지 않았고
포승줄에 포박되어 줄줄이 끌려나간
합창단원들은 하나같이 눈이 가려지고
노래할 수 없도록 재갈이 물려졌으며
오르간은 충치투성이 이빨로
오늘의 악보를 게걸스럽게 뜯어먹다가
새벽이란 후렴구만 앙상히 남기고
쫓기듯 강 쪽으로 도주했으니

아스트롤라베
흥얼거림으로의 떠돎

1

반드시 나는 밤에 죽을 것이다
지구라는 우주의 작은 암초 주위를 물비늘처럼 흩날리는
새들이 일제히 날개를 접는 그런 밤에 나의 심장도 증발
할 것이다

2

졸음은 일초에도 무한대로 팽창하는 정오의 햇볕이었다
가, 톱날 같은 녹색 처마에 잘린 조각하늘이었다가, 내 얼굴
에 드리운 엄마의 손차양만한 하늘의 갈색 그림자였다가
지붕 위로 우연히 떨어진 새털 속으로 다 빨려들어갔다.
나는 물청소를 하고 있었는데, 마당에 비누가루를 흩뿌
리며 하얗게 풀어졌다. 비누가루 작은 알갱이들이 정오의
햇볕처럼 녹아 사라졌다. 더러는 씨앗처럼 마당 한켠에 우
연히 움트고 저녁이면 나무로 자랐다.
뒤돌아보니 지난 계절에 그 나무로부터 어쩌다 돋은 내

심장이, 툭 불거진 나무의 무릎 부근에 매달려 곶감처럼 검붉게 쪼그라들어 있었다.

어제보다 한 마디쯤 더 작곡된 오늘 밤의 음계.

그 속에 귀속된 마당의 파란 대문은 도돌이표처럼 부유하는 밤의 음표인 우리를 되풀이해 연주하고 있었다.

우리집 속에서, 조금씩 쇠락해가는 개집 속에서 하룻밤 묵은 사막여우가 밤하늘을 올려다보며 울부짖었다. 하늘은 해변으로 떠밀려온 부패한 해산물처럼 꾸물거렸다. 새들이 철퍼덕철퍼덕 날갯짓하며, 하늘로 하늘로 노 저으며 까마득히 내동댕이쳐지고 있었다.

환절기의 새들은 야간비행에 있어서만큼은 대열 속에서 합심하는 것을 선호하지 않았다. 가장 가까이서 날고 있는 자신을 낳은 이가 가장 위협적인 암초가 되기 때문이었다.

아주 드물게는 집고양이가 그 새들을 잡기도 했다.

3

나와 아버지는 밤늦도록 소주를 마시며 마당 한가운데

준공된 우뚝한 허공에 바친 노역에 대해 다투어 얘기했다.

이 집에서 내가 돋아나고, 내 작고 까만 눈동자로부터 번진 밤이 서른세해 동안이나 계속되었다. 나는 그만 두려워진 마음으로 그의 손을 꼭 부여잡았다.

내 손에 잡힌 그것은 구멍 뚫린 바닥을 소유한 머리 흰 돛배, 그 위에 매달린 반질반질 윤나고 뭉뚝한, 거칠고 낡은 노였다. 나는 그 노를 저어, 머리 위에 폭설을 이고 폭설의 이동경로를 쫓아다녔다.

나는 식어버린 열망이라는 지도 위를 밤낮으로 집요하게 유랑했다. 눈물 젖은 내 침대는 누구도 읽으려들지 않는 비대해진 지도책이었다. 꿈에서 흘러나온 흥건한 땀이 매일 밤 시트 위에 지도에도 없는 명부의 지형을 그렸다.

하늘에는 잃어버린 제 울음과 그림자의 행방을 쫓는 새들로 가득했다. 그 새들의 기낭, 그 검은 울음보는 밤마다 나의 심장이었다. 나는 폭설의 이동경로를 따라가며, 하늘의 모든 새들이 동시에 날개를 접고 일제히 투신하는 상상을 했다. 그러는 동안 어느새 내 머리카락은 기억 저편에서부터 몸 밖으로 골절된 뼈처럼 하얘지고 단단해졌다.

내가 태어났던 밤이 아직도 도래하지 않았음을 하늘에 뜬 기별로 기어이 알고 말았다. 나는 부유하는 새의 그림자를 심장으로 갖고 살아야 하는 보잘것없는 부족의 일원이었음을. 내 손등의 핏줄은 새의 앙상한 푸른 발이었음을.

나는 그저 누구도 귀 기울이지 않는, 몇백만번째 반복되는지 모르는, 다음과 같은 몇 마디의 흥얼거림으로 대를 이어 떠돌고 있었다는 얘기다.

내 이마 위에 돋은 새는 울지 않네
내 손등 위에 돋은 새는 그림자가 없네
내 무릎 위에 돋은 새는 이제 새가 아니네
그저 움튼 한장의 적색 이파리일 뿐
그저 작은 한때의 소동일 뿐
새야 밤이 아니라면
너무 높이 올라가서는 울지 마라
눈물 한 방울 같은 그늘진 내 심장이
그만 땅에 떨어진다

고독의 셔츠

빈방 속의 텅 빈 시계

셔츠, 셔츠 셔츠, 셔츠 셔츠 셔츠 정숙하고 민첩한 열두 발로 방 안 곳곳을 벽시계가 기어다닌다 내가 지금까지 발견한 벌레들의 사체는 하나같이 박제처럼 온전히 죽어 있었다 벽시계는 그 벌레들의 둥근 무덤이다

형은 진심으로 나를 사랑했으며 흰 셔츠를 나부끼며 창문 아래로 떨어져 죽었다 형은 나와 줄곧 같은 방을 썼으며 거의 집에 들어오지 않았다 형은 목이 길었고 흰 셔츠를 즐겨 입었으며 나는 그것을 거의 매일 훔쳐 입었다 흰 셔츠는 달콤해 보였으며 작열하는 태양은 물론 차가운 달빛 아래서도 아이스크림처럼 녹아 흘러내릴 것 같았다 셔츠 때문이 아니라 형은 종종 나의 멱살을 잡았고 남은 한 손으로 나를 후려치려고 했다 단추를 끝까지 채운 셔츠의 목깃은 마치 누가 반듯하게 접어놓은 종이비행기 같았다 형은 빈방에서 혼자 종이비행기를 접어 날렸다 그때 이미 나는 형의 셔츠를 입고 형이 날린 종이비행기에 멱살 잡힌 채 잿빛에 가까운 초록 덤불 속의 마을 위를 날고 있었다

셔츠 목깃에 묻은 마을

그곳에서는 고독하다면 셔츠를 벗어라 나는 셔츠를 벗지 않는다 그곳에서도 고독하다면 셔츠를 벗어라 나는 셔츠를 벗지 않는다 내가 만세를 부르면 셔츠의 주름은 울고 내가 악수를 청하면 금세 지루해하며 손을 뺀다 온종일 접혔던 셔츠의 목깃을 펼치자 거기에는 지금 막 버리고 온 마을이 새까맣게 옮아 있다 오늘 밤은 하얗게 포말을 일으키며 밀려오는 파도 같은 주름들이 셔츠 위에 가득하다 나는 당신의 혀를 쓰다듬을 것이다 울적한 혀는 피곤하고 착한 개처럼 내 입속에서 잠들 것이다 오늘 밤 나는 당신에게 너무 많은 노래를 부르지 말기를 당부한다

나는 셔츠를 벗지 않는다

온종일 접혔던 목깃을 펼치고 종이비행기처럼 작은 날개로 한번 날아봐야지 새까만 마을 위로, 하늘색 셔츠 위로,

채워진 계절의 단추처럼 철새들이 줄지어 매달려 있다가 떨어진 단추처럼 이제 흔적도 없는데, 이탈한 음표처럼 튀어오르기 위해 셔츠를 벗고, 나는 셔츠를 벗지 않는다 사기 화분처럼 새하얀 셔츠에 가늘고 긴 목을 심고 얼굴이 활짝 열릴 때까지 나는 셔츠를 벗지 않는다 하얗게 찢어진 어젯밤의 셔츠를 오늘도 벗지 않는다 원하는 게 무엇인가요 뭐가 문제인가요 당신은 피 묻은 셔츠처럼 나의 온몸을 처절하게 끌어안아줄 수 있나요 셔츠를 벗으면 내 몸은 막 가면을 벗은 듯 눈부시게 어색하고 표정의 주름을 잃고 시간의 증거를 잃고 기억의 얼굴을 잃을 텐데 그런 내 알몸을 안아줄 수 있을까요 우리 같이 사진 찍어요 바닥에 버려진 피 묻은 셔츠와 함께 둘 다 죽은 채로 우리는 포즈를 잡았다 카메라는 셔츠 셔츠, 셔츠 셔츠 셔츠 쉴 새 없이 플래시를 터뜨리며 공셔터를 날린다

바로 입으면 밤이고 뒤집어 입으면 낮이다

꿰매어져 있는 시간의 재봉선을 시곗바늘이 풀어헤친다

거대한 각질과도 같은 내 흰 셔츠도 조만간 바람에 떨어져 나갈 것이라는 조급함과 불안감의 저 끝에서부터

마치 마차가, 마침 마차가, 마지막 마차가, 막차가

자갈투성이 산길을 내달리듯 내 접힌 목깃 위를 아슬하게 달리고 있다

이보게 진심으로 사랑받고 있다는 불안감에 대해 알고 있나 이보게 자네는, 진심으로 사랑받고 있다는 불편함에 대해 알고 있나 죽은 자들로부터, 진심으로 사랑받고 있다는 고독에 대해 알고 있나

흰 셔츠 목깃에 얼굴을 파묻고 도주하는 밤 흰 셔츠 목깃에 검게 묻은 먼지를 털고, 고독한 자여 이제 진공의 감정 속에서 온갖 주름으로 꽁꽁 묶인 그 셔츠를 벗어라 지금 당장

셔츠 셔츠 잡귀들의 발소리
셔츠 셔츠 셔츠 죽은 학살자가 이끄는 군대의 행군 소리
바로 입으면 한밤중이고
뒤집어 입으면 백주대낮이었다

구름의 주름

응급실에서의 한 철

이럴 수가, 아침에 일어나보니 늙은 애인의 얼굴 위에 구름의 주름이 잔뜩 껴 있었다. 구름의 강수 및 풍량 교본 맨 뒷장에는 오십년 전 잡았던 손목이 너덜거리는 쿠폰처럼 겨우 붙어 있다. 나는 그 손목을 몰래 뜯어 호주머니 속에 넣었다.

꽃대 같은 튜브를 통해 체내로 빨려들어가는 장밋빛 그림자. 꽃받침처럼 입을 물고 있는 호흡기(사실 호흡기는 허공이라는 개의 아가리 같다). 이마 위의 꽃주름에 적색 키스를 퍼붓는 내 그림자의 부르튼 입술. 내가 하얗고 차가운 국화처럼 무표정하게 핀 그녀 얼굴에 코를 묻고 냄새를 맡다가 고개 돌리니, 세면대 배수구로 구름의 긴 꼬리가 시궁쥐처럼 잽싸게 빨려들어가고 있었다.

작은 요처럼 등 밑에 깔려 있다가, 그녀를 싣고 구름의 주름 속으로 날아가는 저녁의 양탄자처럼 곧 사라질 그림자. 나는 응급실을 비우기 전에 가장 검고 긴 손가락 하나 미리 꺾어 주단 위에 놓인 투명한 물컵 속에 꽂아놓았다.

몽유의 낚시터

엊그제는 비 온 후 차차 갬. 어제는 갠 후 차차 비. 오늘은 비 온 후 차차 갬. 빗속의 수양버들은 수백개의 낚싯대를 드리우고. 하지만 비바람 심한 날 낚시찌 같은 잎들은 소득 없이 다 떨어지고. 구름의 떡밥을 매단 채 수면으로 드리워졌던 혼(魂)의 그림자들도 검은 추처럼 모두 가라앉았다.

햇빛은 저 까마득한 공중에서부터 한 올 한 올 드리워진 낚싯대. 꽃의 향기처럼 수를 헤아릴 수 없는 금빛 낚싯대가 지금 여기로 드리워졌다. 차라리 금빛 신경다발에 가까운 화이트 비치, 미늘처럼 구부러져 우리의 발등을 꿰고 있는 그림자들. 비가 오면 해가 뜨고 해가 뜨면 비가 오네, 철 지난 후렴을 흥얼거리며. 길의 아가미처럼 들썩거리는 우산들 물갈퀴가 돋기 시작한 우산들. 시간은 힘센 물고기처럼 우리의 그림자를 덥석 물고 장맛비에 불어난 구름의 하구로 도망친다.

구름의 주름 속에는 무엇이 사나, 구름의 주름 속에 사는 무엇은 무엇으로 사나, 구름의 주름 속에 사는 무엇의 무엇은 무엇 때문에 무엇에게 소중해져버렸을까.

어쩌다 주운 고독의 우산을 펼쳐. 그것은 내가 뒤집어쓴 웅덩이, 빗살에 찢긴 공중의 적삼, 허공을 수놓는 하얀 꽃의 검은 상처, 뜨거운 경멸의 불꽃으로 인해 하나로 달라붙어버린 꽃잎, 엎어진 무릎처럼 터진 눈앞.

고독의 우산

유행 지난 면사포처럼 구름의 주름을 얼굴에 잔뜩 뒤집어쓰고도 아름다워지려나 점점 아름다워지려나 내 사랑, 아름다워 이제 지려나.

때는 백년 전 화이트 비치 한쪽 일인용 낚시터. 백발의 노인이 죽은 채 쓰고 있던 고독의 우산. 그 우산이 활짝 펴진 채 우리집 대문 앞까지 날아와 있다. 나는 떨어진 저녁 꽃에 지친 코를 묻듯 주운 우산의 냄새를 맡는다. 구름의 냄새가 진동한다.

제물을 바치듯, 두 손 모아 고독의 우산을 머리 위로 펼쳐

들자 나는 구름 낀 작은 오름이 되었다. 고독의 우산을 펼치는 것은 내가 기어이 구름의 금광으로 통하는 허공에 땅굴을 한 삽 깊이 파는 일. 나는 두 손 모아 고독의 우산 속으로 뛰어드는 빗속의 다이버. 호흡기를 문 채 구름이 침몰한 심해로 뛰어들고. 평생 구름을 업고 다니다가 몸 위로 구름이 옮아붙은 것이 주름이다.

주름은 구름의 옷. 이제는 구름의 주름을 잔뜩 뒤집어쓴 당신에게 가벼운 작별의 키스를 할 시간. 폭우 속의 고독, 고독 속의 우산, 우산 속의 폭우. 작별의 선물로 무엇을 준비할까.

구름의 주름 속에서 우리 잃어버렸던 여름을
구름의 주름 속에서 우리 잃어버렸던 이름을
구름의 주름 속에서 우리 잃어버렸던 시름을
구름의 주름 속에서만 벗을 수 있는
구름의 주름을 벗고
하얗고 차가운 손등에
뜨거운 작별의 키스를

새들의 직업

1

우리집 등 굽은 낙타가 울던 날.
그날 밤의 사건들은, 일력(日曆)처럼 빠져버린
검은 새의 깃털 한장 속에 이미 기록된 일일지도 모른다.

내 마음속으로 찬바람이 들어와 새가 되었다. 새장 속에 갇혀버린 새, 내 마음속의 허공에 새의 언어를 새기는 새, 해 진 허공은 해진 고독의 외투. 이제 제발 좀 벗어. 동생은 바닥을 뒹굴며 내게 외쳤다. 순간 동생의 입은 제 얼굴을 삼키고, 내 그림자를 집어삼키고 태양 속으로 저물어버렸다. 하늘에는 보풀이 구름처럼 잔뜩 일어나 있었다.

늙은 가고일이 앉아 졸고 있는 옛집 지붕 아래, 동생과 나란히 누워 올려다본 밤하늘은 무언가 섬뜩하고 날카로운 것에 찢긴 듯 보였다. 넝마 하늘은 온통 찢겨 있었던 것이다. 살점처럼 떨어져나와 너풀거리는 새벽의 별빛들.

새들은 우주로 날아가려는 하늘을 악착같이 깁고 꿰매고 있었다. 새를 찾아 우리는 떠났다. 새들이 하늘을 그냥 내버려두게 하기 위해. 어둠이 하얗게 녹아 흐르는 새벽에 우리는 떠났다. 등 굽은 낙타가 등으로 우는 밤에.

2

동생(同生)이 죽었다.

동생은 죽어 지금 내 발목에 그림자 대신 매달려 있다. 동생은 나를 허공에 질질 끌며 땅속을 걷는다. 땅속을 걷다보면 태어날 자들과 죽은 자들의 이마에 손을 얹고, 내년에 피고 질 꽃들을 미리 꺾을 수 있을까.

동생이 죽었다.

움직이는 하늘의 파오 속으로 찬바람이 들어왔다. 바람이 막사 안으로 들어왔다 나갔다 나타났다 사라졌다 하듯, 동생의 곡두가 슬픔과 권태의 바깥에서 긴 칼날을 막사 안으로 푹푹 찔러넣듯, 까마득한 하늘 저 멀리 뾰족한 철새떼가 무수히 박혔다 사라졌다.

동생이 죽었다.

동생은 구름이란 보풀만 가득 핀 낡은 허공을 걸치고 있다가, 한 떼의 새들에 의해 허공과 함께 기워져버렸다. 어제로 벗겨져버렸다.

3

그 시각 우리가 버리고 온 낙타는 '별의 동공'을 지고 사막보다 먼 신기루를 건너고 있었다. 신기루는 지평선과 맞닿아 있었다. 지평선 아래로 마치 림보를 하듯 조심스럽고도 경쾌하게, 낙타는 눈물로 가득 찬 두개의 동공을 등에 지고 새처럼 가볍게 걷고 있었다.

그럼에도 불구하고 그럼에도 불구처럼 불가피하게 '별의 동공'에 걸려 발밑으로 굴러떨어져버린 지평선. 낙타의 등은 그렁그렁하다. 물이 다 쏟아진 두개의 양동이처럼 눈물이 다 빠져나간 눈동자처럼. 마치 세상 그 누구의 마음이든 한순간에 찢어놓을 수 있는 '슬픔'의 상징이라도 되는 것처럼. 지금 동생은 그 두개의 동공 사이에 지어진 작은 둥지 속에 눈곱처럼, 몰래 끼어 있다.

바람에 찢긴 하늘 언저리에는
새들의 둥지가 있다.
새들은 일제히 그곳에서 빠져나와
넝마 하늘을 깁고 꿰매고
다시 어떤 바람도 없는 둥지로 잠자러 간다.
여기서부터 새들의 둥지까지
별의 동공을 지고 가는 우리집
낙타의 걸음으로 몇 시니크*인가.

* 잠. 이누이트족의 거리 단위.

불면의 스케치

늙은 고양이 한마리가 아름답게 무뎌진 발톱으로 분리수거된 비닐을 뜯자 구름과 모래가 뒤섞인 저녁이 툭 터져나왔다. 오래 자란 수염을 태운 혹독한 냄새를 풍기며.

오랜 정전 속에서 매일 우리는 함께 모여 촛불을 불었다. 훅 태양이 한쪽으로 길고 까맣게 누운 사이, 우리집에는 검은 모자를 뒤집어쓴 이방인처럼 어젯밤이 찾아와 뜬눈으로 묵어갔다. 꺼진 줄 알았던 촛불은 되살아났다.

촛불과 촛불 사이에 놓인 침대
입술과 입술 사이로 빼문 허연 혀처럼
흘러나와 있는 단 한 조각의 미명
수북한 음모는 우리를 길 위에 그려넣던 그가
너무나 지루해서 연필을 쥔 채 깜박 졸았던 흔적

창문이라는 맨홀 속으로 모래시계 속의 모래처럼, 우리는 산산이 부서져 서로 뒤섞이며 떨어진다. 지붕 위로 촛농처럼 비가 떨어진다. 떨어지던 비가 허공의 줄기를 확 잡아채 피운 나무 잎사귀들. 빗줄기를 잔뜩 거머쥔 가로수 가지

마다 차갑게 젖은 말줄임표가 밤새 빼곡히 돋아 있다.

내 머릿속에는 쓰러진 모래시계가 하나 있다. 창문을 등지고 모로 누워 뒤척이면, 망자가 원탁 위에 뒤집어놓고 간 모래시계처럼 그제야 한쪽 귀에서 한쪽 귀로 흘러들어 쌓이는 구름.

머리맡에 죽은 향유고래 한마리가
거대한 느낌표처럼 떠밀려와 있다
늙은 고양이의 무뎌진 발톱이 아름다운 장식처럼
온몸에 박힌 구름 한마리가
창문까지 떠내려와 있다

재의 텔레비전

코알라 코뿔소 코끼리 한 칸 한 칸
텔레비전의 채널은 자정으로 돌아간다

태양을 삼킨 열기구가 공중부양 하듯
몸속의 부장품들과 함께 밤사이 증발하는
코끼리 코알라 코뿔소 코가 시큰한 채널들

재가 되기 직전 맹렬히 타오르는
초원의 희뿌연 텔레비전을 보고
코를 훌쩍이며 울어도 될까 한 꺼풀 한 꺼풀
매일 각막을 벗겨내는 재의 시간에

사각의 화면들이 점점 더 네모내지고
차갑게 식은 숯과 피어오르는 매캐한 안개
새들이 잿빛 초원 위를 모빌처럼 맴돈다

살육의 물웅덩이 속에 꾸벅꾸벅 고개를 처박는다
수도꼭지처럼

틀어놓고 잠든 채널 깊숙이

코뿔소 코끼리 코알라 그리고 텔레비전
코알라 코뿔소 코끼리 차갑게 식은 숯처럼
죽은 듯 얌전하게도 죽어 있는

아득한 흙먼지 같은 얼굴들 뿌옇게 일으키는
잠의 주문을 외며 한 칸 한 칸
나는 안에서 잠기고 있다

비의 자화상

허밍, 내 코끝을 맴도는 밤의 냄새 같은
캔버스 위를 허밍처럼 흩날리는 묽은 비

비 오는 날 침대 위에 수북이 떨어져 있는 머리카락은 나를 그리던 세필의 흔적. 일생을 떠도는 허밍 같은 나를 스케치한 흔적. 베개 위의 머리카락은 매일 잠에서 깨면 몸 안에서 밖으로 삐져나와 있는 망령 같은 내 밑그림의 흔적. 나는 잠시 나로 채색되어 있을 뿐. 내가 지난 계절 귀뚜라미의 몸으로 밤새 흥얼거렸던 허밍은, 먼 대륙까지 날아가 잡풀로 무수히 웃자라 있다. 빨레뜨 한쪽에 덜어놓은 물감덩어리 같은 대초원의 양떼가 그 잡풀 속에, 내가 쏟아낸 허밍 속에 코를 박고 뜯다가 울다가 뜯다가 울다가 하며 검게 뒤섞이는 밤. 나는 하얗게 튼 입술의 사시나무. 긴 머리 까만 발의 밤들을 기분 따라 갈아치우며 빙글빙글 바람의 왈츠를 추고. 나는 찬 밤을 입에서 입으로 하얀 입김처럼 떠도는 허밍. 분명히 다 불렀는데 끝내 끝나지 않는 허밍. 나는 허밍으로 짜인 새털 방석에 앉아 간지러운 궁둥이를 들썩거렸고, 고독의 긴 손가락으로 적막을 가르며 드럼

을 단 한번 격렬하게 내려친다. 낙뢰가 구름을 치듯. 퐈아앙
앙치이이익.

확 타올랐던 불길 위로
오늘도 다 잡쳤다는 분노의 붓질처럼 시커먼 폭우가
내 정수리부터 발끝까지 짓뭉개듯 내리긋고 있다

커튼콜

공연이 끝나자 나는 태어났다

끝도 없이 계속되던 공연이 끝나자 나는 태어났다. 처음이자, 슬픔이 없는 마지막 눈물 속으로 익살스러운 바람이 불었고, 나무들은 탬버린 수만개를 마구 흔들어댔다. 공연 중 검고 하얗고 뜨거운 꽃을 훔치다 데어 지문으로 남았다. 당신이 질투로 휘두른 칼날을 맨손으로 받은 흉터가 손금으로 남아, 지금껏 내 두 손을 꽁꽁 묶고 있다. 공연의 마지막, 밑도 끝도 의미도 없는 상징처럼 나를 낳은 엄마는 간신히 건져놓은 익사체처럼 침대 위에 널브러져 있다. 구석에 아무렇게나 뭉쳐놓은 더러운 커튼 같은 구름이 천천히 하늘 가득 펼쳐졌다.

줄거리도 없이 캄캄했던 공연의 막이 내려지자 나는 태어났다. 사람들은 혀를 차듯 웃었고, 양막을 뒤흔드는 최초의 박수갈채 그것은 우레와 폭우였다. 바다라는 일렁이는 커튼 뒤의 조난자처럼 두 손 흔들며, 우리는 차례대로 소개되었다. 당신은 꾸벅 인사한다. 다소 천천히, 다시 손 흔들며 인사한다. 다소 지루하게, 다 함께 운다. 야, 이 역적 새끼들

아, 객석의 누군가 식칼을 들고 무대 위로 뛰어든다.

어차피 객석에는 목이 석자씩 빠진 귀신들만 가득 찼어. 죽느냐 사느냐 그런 건 애초부터 관심 없지. 사랑을 속삭이는 대사는 고리타분하고 교활해야 혀에 척척 감겼네. 커튼을 젖히면 언제나 거기 있는 것들. 얼굴 없는 짙은 화장 역겨운 향수 냄새. 목소리 없는 땀의 발성과 몸 없는 지루한 의상. 누런 먼지 같은 햇볕을 잔뜩 뒤집어쓰고 오늘도 커튼콜. 온종일 뛰어다녔더니 심장이 어느새 뚝 떨어진 석양처럼, 내 왼쪽 옆구리까지 흘러내려와 있다.

자줏빛 심장을 꺼내 던지니 새가 되었네. 나를 위해 울어주는 갸륵한 새 한마리. 두 날개로 박수치며 훠이훠이. 눈물 젖은 손수건을 꺼내 던지니 시궁쥐가 되어 내 하나 남은 빵을 훔치고. 프라이팬 위의 올리브유처럼 무대 위를 멋대로 뛰어다니는 폭우 속의 산천초목들.

공연이 끝나자 나는 태어났다
달달 외웠던 대사는 한 줄 기억도 없고

내 바지 위에 당신이 쏟은 포도주와

구둣발에 짓밟힌 몇 조각 악취 나는 치즈의 밤

쥐도 새도 모르게 그리고 매일매일

초라하고도 성대했던 공연 저 끝에서부터

모욕과 용서의 까진 맨발로

커튼콜을 위해 일평생 나는

세수하고 밖으로 나간다

초의 시간

1

내 다음 생의 텅 빈 객석에 홀로 앉아
내 이번 생의 뒤통수를 관람하는 사람

내 검은 등 뒤에 앉아
내 어깨 위에 두 팔을 괴고
내 눈 속에 쌍안경을 끼워넣고
백억만리 밖에서
지금 나의 무대를 관람하는 사람

그 사람의 발치에는 촛농처럼 떨어진
적하(滴下) 눈물로 흥건하다

너무나 지루해서 하품과 함께
비어져나온 눈물 속에 서식하는
무심한 강철 이빨의 악어가
그의 무릎까지 다 삼켰다

2

촛농처럼 떨어진 창문들이
이곳에 가득하다 그는 창문에
한 자루의 양초처럼 이마를 묻는다

발바닥까지 닳은
한 이교도의 신발 밑창에서
꺼졌던 촛불이
송곳니처럼 시퍼렇게 튀어나온다

깨진 기왓장 같은 권태가
계속해서 겹겹이 쌓이면
단단한 한 주먹의 증오가 되리

그러나 여기 시들어가는 한 송이의
촛불만 있다면 그는

무엇이든 만들 자신이 있다

아름다운 장미정원도
사랑하는 이에게
깊은 잠을 선사한다는
몽유병자의 심장박동까지

약간의 잡념만 있다면
촛불은 촛불의 그림자까지도 버릴 것이 없다

자정과 정오
하루에 단 두번, 약 일초간
이번 생의 나와 다음 생의 내가
우리가 정말 하나가 되어
서로를 그림자처럼 깔고 덮고 눕는다

시곗바늘은 창백한 빈방을 찌르며
나의 탈진한 대역(代役)들에게 링거를 꽂고 있다

까만 편지지 하얀 연필

달의 뒤편으로는 한 자루 푸른 칼날의 우주가 버티고 있는 건 아시겠죠. 먼 달 속에 부러진 연필을 넣고 뾰족하게 돌려 깎습니다. 그리고 이렇게 씁니다.

어젯밤에 우리 만나기로 했잖아요 그곳 하늘은 여전히 새파랗지요 혀끝에서 녹아 사라지고 있는 캔디 같은 낮달도 하루를 먼저 사는데 죄송합니다 또 이상한 소리를 저도 잘 알고 있지만, 제가 알고 있는 걸까요 오늘 밤에도 한쪽 가슴을 열고 젖을 빨고 있는 작은 박쥐 한마리를 꺼냈어요 제 품을 떠난 박쥐들은 검은 사이프러스 숲을 건너며 찢긴 검은 벨벳 스커트처럼 당신의 허리에 걸려 있어요 달리던 차의 창이 열리더니 팔 하나가 쑥 빠져나와 무언가를 버렸어요 아기의 신발 같았어요 작고 까만 생쥐 같은 그것은 엄청난 속도로 인파 속으로 숨었답니다 그리고 지하도를 건너면서 보았어요 부랑자들이 저녁으로, 자신의 손 그림자를 스테이크 썰듯 우아하게 음미하며 잘라먹고 있는 것을요 그리고 보았어요 두 손을 다 비우고, 두 손을 다 잃고 그들이 꽁초를 피우며 퉅아 뱉은 가래침이 비좁은 지하도의 한 모퉁이에서 한 모퉁이로 아름답고도 경쾌한 포물선을 그리다가 돌연 작고 하얀 나비가 되어 날아가는 것을요 불면증 환자의 낡은 옷장, 몽유병 환자의 커다란 신발장이 저희 집 앞에는 버려져 있어요 오늘도 불면증과 몽유병은 집 안에 따뜻하게 잠들어 있답니다 마당의 수양버들은 참수한 수급 같은 우리집을 한 손에 거머쥐고 어기적거리며 천천히 마을을 버립니다 버리고 버리려고 다짐하다가 이 편지는 무정한 수양버들 그 무수한 가지 중 한 가지에 빨간 머리핀처럼 매달아놓았으니 꼭 받으세요 그나저나 '어젯밤'에 만나기로 한 우리의 약속은 언제쯤 지켜질 수 있을까요 엄청나게 시퍼런 해가 아직도 지지 않고 떠 있는데,라고 씁니다. 그리고 구겨버립니다.

이와 오

이를테면 두번의 만남과 다섯번의 이별 끝에서 이와오 씨 안녕하세요. 거리에 백발처럼 진눈깨비가 날리던 날 굽은 등 불편한 다리의 노파가 맞은편에서 비칠거리며 걸어오다가 자신의 품속으로 쓰러졌을 때, 이와오 당신은 노파의 검지만한 과도가 왼쪽 옆구리에 송곳니처럼 박혀 있는 걸 발견했다. 노파는 표정을 이와오 당신의 겨드랑이 사이에 쓱 문질러 지우고 매우 침착하게 일어나 가던 길을 갔고, 이와오 당신은 그대로 바닥에 주저앉아 있었다. 등 굽어 구부정한 노파의 전신은 흡사 무기력하게 벌어진 늙은 맹수의 아가리 같다. 노파는 십년 전에 실종된 이와오 당신의 어머니였다. 이와오 씨 나는 지금 당신에게 뭔가 색다른 종류의 상실에 대해서 생각해보길 권한다. 가령 두명을 만나고 다섯번의 이별을 한다면 언젠가는 정말 죽지 않고도 죽을 수 있는 날이 도래하지 않을까. 마치 처음부터 세상에 없었던 것처럼 이와오 못난 사람. 나는 당신의 몸 은밀하고 어두운 모퉁이마다 룸미러를 설치해두었다. 왼쪽 겨드랑이와 오른쪽 겨드랑이는 서로 되비추며 시커멓게 뒤섞이고, 가랑이 사이 룸미러 속에서 허리 긴 들고양이가 자동차에 압사한다. 일상적으로 아주 일상적으로 창문 앞에 붙어 있길 즐기는 이와오 당신의 팔꿈치에는 하얀 깃털 몇개가 언제 돋았는지 아직 빠지지 않고 있다. 살면서 으레 있는 몇가지 나쁜 일들은 이와오 당신의 배꼽 언저리에 정액처럼 고여 있다가 소문처럼 천천히 그러나 세상 끝까지 흘러들었다. 이와오 씨 언젠가 정말 우리는 굳이 죽지 않고도 죽을 수 있지 않을까. 상대방에게 마치 처음부터 세상에 없었던 것처럼. 그런 날이 올까. 이상하게도 우리 모두 두번씩 만나고 다섯번씩 이별한다면. 언젠가 한 사람만 이 옥상에 남게 되지 않을까. 공교롭게 마지막 한번의 이별을 마저 채우지 못한 채 영원히 혼자 살게 될 그는 누굴까. 영원히 혼자 죽게 될 홀수의 그는 누굴까. 이와오 당신은 아닐까.

완벽한 원

완벽한 원, 과연 그것은 존재할까
측량사이자 마을의 촌로인 염소는
늠름한 자태로 붉은 지붕 위에
새하얀 치아처럼 박혀 있다
염력으로 퇴근한 처녀들을 방 안으로 넘어뜨리며
마을의 모든 둥근 것들을 굽어보고 있다
저녁의 굴뚝 위로 연기들이
검은 수염처럼 지저분하게 웃자라 있다

새하얀 셔츠를 반듯하게 차려입은 염소는
가장 높은 지붕 위에서 마을을 굽어보고 있다
마을의 모든 둥근 것들을
밤이 되면 그는 남은 모든 열정을
완벽한 원을 그리는 데 쏟아부을 것이다
이봐 계속 그러고 있다가 떨어져, 내려와
나의 충고는 안중에도 없이
그야말로 완벽한 원, 오직 그 생각뿐
그런데 자네 그것이 가능하다고 보나?

염소는 다소간 의기소침하게 주억거린다
네에 네에 네에에에
염소는 밤마다 마당 한가운데 원을 그린다
그 파지들로 밤의 마당은 온통 하얗다
당신은 참 선량하고도 흉한 인사로군
나는 그의 등을 토닥인다
그는 조금 운다

염소가 지금까지 믿어왔던 완벽한 원들
살구나무 밑동과 목줄 사이의 원
하얀 안개를 둥근 낙하산처럼 펼치며
지상으로 떨어지던 새벽의 산들
마을의 홍색 우물과 하루를 더 살 때
마을이 화폐로 사용했던 해와 달
축사로 박쥐처럼 날아들던 손전등 불빛과
질 나쁜 백열전구
서리한 한여름밤의 수박처럼
단단하게 불러오던 처녀들의 아랫배

지금까지 원형이라고 믿어왔던 몇가지들

모두가 잠든 밤의 시침과 분침처럼
우리 둘 마당 한가운데에서 손 맞잡고
서로를 빙글빙글 돌린다 고요하게 팽팽하게
내가 그를 돌리는 힘으로 그는 나를 돌리고
어느 순간 내가 나를 돌리고 있다
그가 그를 돌리고 있다
오늘 밤에는 놓으면 안돼
그 손 절대 놓치면 안돼
수시로 다짐받으면서 둥글게 둥글게
적막한 마당 한가운데에서 씩씩거리며
염소와 나는 길이가 서로 다른 반지름처럼
다시 몸 둘 바를 모르고

태양의 빨레뜨 위에
모든 원색들이 뒤섞여 쥐색으로 타듯
새벽의 새파란 얼굴 위에

또다시 격렬하게 뒤섞이는 태양
염전에는 밤사이 소금처럼 반짝이며 돋아 있는
잿빛 철새들 지금은 영원한 폐곡선의 계절

bed & bird

까마득한 하늘 높이 백기처럼 휘날리는 하얀 시트의 밤

그날 그 피의 침대 위에서는 무슨 일이 벌어졌나
새만 보면 짖곤 했던 개가 잡아먹히자
개집이 대신 맹렬히 울부짖기 시작한 밤에

그날도 나는 버드나무에게
버드나무 잎 세닢을 주고 새를 샀다
버드나무의 손가락마다 그렇게 벌어들인
버드나무 잎들이 가득했다
나는 새로 산 새를 내 어깨 위에 올려놓았다
이 모든 상황이 부끄러운
돌리 버드는 타월같이 하얀 날개로
제 헐벗은 몸뚱이를 끔찍이 끌어안고 있었으므로

결코 날지 못했다
그저 몸 밖으로 불거져나온 질긴 혈관 같은
두 발로 내 어깨 위에 간신히 서 있을 뿐

엄마가 불러왔던 내 이름은 무엇일까 무척 궁금해
몰래 숨어 귀 기울여봤지만
그저 엄마는 정주 문을 열고 얘야 어디 갔니?
새 사러 갔니 이 밤중에 또 새 사러 갔니?
창이란 창은 다 새똥으로 범벅이 되어 있고
나는 내 어깨 위로 발기한, 풍경의 성기 같은 새와
침묵 속에 마주 보며 어깨를 으쓱거리고 있다

단 한번도 슬픔이 지나간 적 없는 새의 얼굴에
점멸하는 별들의 표정
그것은 곧 여기 이곳으로 도래할 계절의 표정
이 봄에 잠이 끝도 없이 밀려오는데
이 지긋지긋하게 끈적거리는 딸기잼 같은 잠이
한점도 없는 곳은 세상에서 오직 잠 속뿐

새의 동공 안에 티끌처럼 달라붙어 있는 내게로
바람 불어오고, 내가 기대 잠든

망중한의 버드나무는 아파파파 파파팟
길게 자란 손톱 같은 잎들을 흔들고 있다

내 잠 속에서 앙증맞은 돌리 버드는
드디어 제 알몸을 버리고 날고 있다
하얀 타월을 하늘 높이 펼치고
양미간을 잔뜩 찡그리며 고개 돌려 나를 보았다
좀 어때? 그저 그래, 이 구정물 같은 저녁 때문에!
쉴 새 없이 날갯짓을 하며, 그것은 악수 같았다

안녕하세요 반갑습니다 미안합니다
이렇게 반가워서 미안합니다 용서하세요
그 손을 아주 잡아 뽑아버리겠다는 듯
엄청난 속도의 격렬한 악수
악수를 간절히 원하는 허공들이 산 너머까지
밤늦도록 새까맣게 줄지어 서 있다

사구의 달이 자라는 겨를

세상을 버린 마지막 숨들을
모두 그러모은 것이 달의 주요성분이므로
오늘도 달은 매순간 자란다
사구의 콧등은 내 발등을 툭툭 건드리고
사구는 나만 보면 짖는다
사구야 조용히 해 우리 둘이 된 지 벌써 열만데
사구야 가만있어
이미 네 뱃속은 모래와 바람으로 가득 찼어

사구는 얌전하게 지금 내 옆에 앉아 있다
녹슨 드럼통 같은 지구를 공터까지 굴려놓으려면
몇 배럴의 석유가 필요할까
지구를 미행하기 위해서는
달은 몇 노트의 바람이 필요할까

갈증이 나 냉장고 문을 벌컥 열고 들어가자
세탁기 밖이었다
나는 탈수된 채 낮달이 뜬 백주대낮의 옥상 위에서

빨래집게에 두 어깨가 집혀 널려 있었다
당장이라도 무슨 말이든 할 듯한 작고
검은 입술처럼 코를 씰룩거리며
날 올려다보는 사구, 잘 건조된 인피 망또를 뒤집어쓴
황색 사체수색견 사구와 나

오늘의 낮달에는 어떤 문제가 있다
상한 달걀처럼 매끄러운 껍질 속에 숨겨진
우리가 무시할 수 없는 중대한 문제가
한쪽에 아무렇게나 구겨놓은 빨래처럼
쭈글쭈글하게 뭉쳐진 얼굴의 사구와 나
그림자는 젖은 기저귀처럼
사구와 나의 가랑이 사이에서 축 늘어져 있다

달이 모르는 새 벌써 저렇게 자라나
조금 전 자정을 기해 지구가 달 주위를 돌기로 결정됐을 때
달이 자랄 대로 자라서 검게 세상을 뒤덮고
내 코앞까지 가까워져 되레 보이지도 않게 된 밤

사구와 나를 밝히는 군불 위에서는
달의 피규어들이 모두 모여 춤추고
한쪽에선 수프가 얼굴의 화상 수포처럼
조금씩 붉게 부풀어오르며 끓고 있고
사철나무마다 검은 압핀들이 무수히 돋아
사시장철 밤의 창문을 단단히 고정하고 있다

내 옆의 개가 짖는 건
낯선 자의 인기척 때문이 아니다
나를 찾아냈다고 기별하는 것이다
사구가 짖는다 내 옆에서 짖는다
나를 찾기 위해 사구를 풀어놓은 이들은 누구인가
행방불명은 나인가 그들인가
아무도 이곳으로 오지 않는다
산 중턱으로 꼬리물기 하는 귀신들도
살별처럼 흘러갈 뿐
살별들이 검게 번뜩이며 미끄러져간다

고양이는 새의 그림자
새라는 심장

고양이는 발소리가 없다 왜일까? 고양이는 우연히 발생해서 은밀히 골목을 뒤덮는다

불시에 고개를 돌리니 검고 하얀 고양이 한마리 담장 사이에 홀연 떠 있다 수상한 그림자처럼
담장 위의 고양이는 작고 검은 등을 잔뜩 웅크리고 탁란된 제 심장을 꺼내 물끄러미 들여다본다
고양이의 몸은 심장의 주인을 좇아 작은 게르처럼 떠돈다
고양이가 담장에서 담장으로 점프하는 순간, 허공에서 터키석 빛깔의 심장을 깨고, 아기 새가 젖은 날개 한쪽을 삐죽이 밖으로 내민다
밤의 공기는 여전히 형체가 없으나 분명한 몸짓으로 꿈틀대고 있다 고양이는 제 비린 혀로 무녀리를 핥는다

검고 하얀 고양이 한마리 건너편 담장 위에서 건너편 담장 위로 사뿐히 내려앉았다 실제로 새와 고양이의 개체수는 세세연년 팽팽하게 당겨진 연줄처럼 균형을 이루어왔다
자전의 원심력을 견디기 위해 새는 제 그림자인 고양이

를 검은 추처럼 지상에 던져놓고, 고양이는 검은 연처럼 새를 하늘 멀리 띄워놓는다

허공이 온통 팽팽하다

오늘 밤엔 평생 날리던 연을 거둔 얼레 하나가 지붕 위에 조등처럼 떨어져 있다

아무튼 씨 미안해요

1

막사로 기어들어오려는 새끼 표범 한마리를 쐈더니 목구멍에서 가는 신트림이 가르랑 올라온다 하얗게 저물어가는 새벽의 거대한 궁둥이를 향해 할 말이 있다

엽사는 개머리판을 잡고 있던 손바닥에 찬 땀을 바지춤에 닦으려다가 멈춘다 자신의 굵은 손금을 따라 붉은 초원을 횡단하는 새까만 누떼가 보인다 그들은 첨벙첨벙 엽사의 손금에 발 담그고, 목 축이고, 계속 행군한다

엽사는 무리 중 한마리를 잽싸게 조준한다 암사자에게 공격받아 개껌처럼 짓뭉개진 오른팔 대신 엽총을 어깨에 걸고, 총구에서 기필코 오른손이 불쑥 튀어나와 악수를 청할 때까지 엽총을 단단히 틀어잡고, 숨을 멈추고…… 사실 엽총 따윈 없다

죽는 건 죽이는 것보다 항상 먼저 벌어지는 일 멸종위기종을 죽이고 얻은 밤들은 당연히 조금씩 멸종되고 있다

엽사는 광활한 새벽을 무성한 털처럼 뒤덮고 있는 잿빛 안개에 기대 목마른 기린의 길게 늘어지는 엿가락 같은 목

소리로 외친다

모두들 그곳에서는 안녕하시오오?

모두들 그곳에서는 안전하시오오오?

한번은 하늘을 빼곡히 메운 새들을 모두 명중시킨 적이 있다 떨어진 새들을 헤아려보니 한마리가 사라져 행방이 묘연했다 결국 찾지 못하고 새의 장례마저 포기하자 다음날부터 아내의 배가 불러오기 시작했다 분만 중 아내는 아이와 함께 죽었다 뒤늦게나마 새의 장례를 치를 수 있었다

엽사는 낡은 엽총을 분해 소제한다 엽총에 나사처럼 박힌 나선형의 바람과 함께 유체이탈한 짐승들의 영혼이 화약 열기와 뒤섞여 풀려나온다

늙은 사냥개의 건조한 콧등처럼 씩씩대는 쌍발엽총의 총구로, 여전히 사냥감의 냄새를 기막히게 맡는 새까만 총구로, 대초원의 가장 거대한 짐승 모든 짐승들의 아버지 새벽의 무성한 털 잿빛 안개를 구석구석 헤집는다

총구에서 잃어버린 손이 활짝 피어나 용서의 악수를 청할 때까지 엽총을 놓지 않으며, 숨을 멈추고, 하나 두울 세엣…… 이미 엽총 따윈 없다

외팔이 엽사는 건조하게 웃는다 웃음은 초원의 모래바람과 함께 금세 흩어진다 아무튼 웃는다 아무튼 말한다

2

나의 총알이 궁둥이에 박히고도 평화롭게 진흙목욕을 즐기는 코끼리가 있었소. 솔직히 말하면 그건 실수였소. 그 두툼한 갑주 같은 궁둥이에 값비싼 은탄을 박아넣은 거 말이오. 아무튼 그 코끼리는 백일 밤낮을 지독한 건기의 대초원에서 마지막 남은 워터홀 주위를 떠나지 않았소. 아무튼 작은 씨앗처럼 은탄이 심어진 궁둥이 부근에서는 급기야 자작나무 밑동으로 추정되는 엉치뼈가 드러나기 시작했소. 아무튼 단속반에게 그것을 건기의 극심한 가뭄 때문이라고 둘러댈 수도 없었는데, 궁둥이에 잎이 나고 지고 나고 지고 잎이 지며 진물이 뚝뚝 떨어졌소. 아무튼 총알을 맞고도 목숨이 붙어 있다면 그때부턴 식물의 시간을 사는 겁니다. 아무튼 덤 같은 거죠. 아무튼 이번 생은 소원하던 대로 옆으로 누워 자고 있는 자작나무의 우듬지가, 코끼리 코 옆으로

삐죽하게 솟아 있는 걸 맙소사, 엽사 인생 반백년 만에 발견한 것이었소.

아무튼 코끼리는 그저 평화로워 보였소. 고독해 보였지만 고요해 보였소. 그런 합체, 아무튼 나는 이상하고도 엄청난 고독에 압도당하여 나도 모르게 사과를 하고야 말았소. 유감스럽게도, 아무튼 코끼리에게는 아니오. 가물고 가물어 쩍쩍 갈라지고 터진 초원의 한 줌 땅덩어리 같은 코끼리, 아무튼 씨의 궁둥이에 사과했소. 목마름에 대열을 이탈한 어린 누처럼, 한밤에 쏴 죽인 새끼 표범처럼, 그 새처럼, 먼 대륙의 군락지에서 훠이훠이 날아와 한마리 거대한 짐승의 몸속에 깃들고 움트고 잠든 자작나무, 아무튼 씨에게 사과했소.

자작나무의 말로 코끼리의 말로 우물쭈물하다가, 자작나무의 핼쑥한 얼굴을 하고 코끼리의 잿빛 장화를 신은 채 아무튼의 갈라진 입술로 아무튼 씨에게

아무튼 씨 미안해요

제가 미안하게 됐습니다, 하고 정중하게 말입니다.

깊은 밤의 무야 씨 그리고 보트캣

내 이름은 무야(無夜) 네가 아는 내 이름은 무야, 냐아아옹

마을의 모든 깨진 거울을 수거해놓은 트럭 아래 숨어든
골목의 어린 고양이 한마리 조용히 눈 감아
골목의 고양이 두마리 눈 감아
골목의 고양이 세마리 눈 감아
골목의 그밖의 모든 고양이 일제히 눈을 떠
납작해진 몸 끈 떨어진 연처럼
시커먼 창공으로 솟구치고 있는
어린 고양이 세마리 찾아나서네

전세계 방방곡곡에서 온종일 울려퍼진 비명들을
모조리 끌어모아 만든 쨍쨍한 오늘 밤
무야 씨는 자신의 대동맥 입구에 주차된
낡은 트럭에 그 비명들을 빠짐없이 적재했다
사라진 계절 모두 잠든 틈, 아무도 모르게 눈이 내렸다
밤의 유리컵 속에 빠뜨린 달의 환(丸)이 나선형으로 맴돌며

내뿜는 하얀 탄산처럼 눈이 내렸다
아침이 오면 무야 씨는 트럭을 몰고 울퉁불퉁한 혈관을
돌며
관절마다 하얀 비명들을 하역할 예정이다
밤새도록 눈이 크레바스처럼 깨진
거울의 틈새로 무한정 떨어졌다
거울 속의 거울 속의 거울 속으로 빨려들수록 성긴 눈발은
막 피기 시작한 흰 꽃처럼 점점 무성해지고
남김없이 떨어져 천길 꿈속을 빈틈없이 다 채우고도 넘쳐
화물칸 위로 봉긋하게 쌓였다

무야 씨는 잠 속에서 복용했던 거라며
맨홀 뚜껑만한 수면제를 꺼내놓았다
취한 우리는 노란 불빛을 끼고 앉아 그것을 한 입씩
베어물며 조금씩 희미해져갔다
건너편 시청 앞에는 분신한 시체가 차갑게
식은 숯처럼 노란 연기를 내뿜으며 쓰러져 있다
곧 태양이 싸이렌처럼 빙글빙글 울렸고

적설과 함께 거울도 모두 녹아 사라졌다

거울을 모두 도난당한 트럭 아래 잠들었던
골목의 어린 고양이 한마리 조용히 눈을 떠
골목의 고양이 두마리 눈을 떠
골목의 고양이 세마리 눈을 떠
골목의 그밖의 모든 고양이 일제히 눈 감아
어린 고양이 세마리
저마다 납작해진 몸 흰 돛처럼 휘날리며
낡고 푸른 담요로 뒤덮인 달력 속의 바다
그 백일몽 너머로 망명 중인
골목의 모든 고양이 찾아나서네
눈과 거울과 더불어 사라진
깊은 밤의 무야 씨도 찾아나서네

제2부

맹견

자정에 찾아오는 주름투성이 맹견 한마리
땅에 떨어진 흙투성이 아이스크림을 핥아올리듯
자정에 찾아오는 상처투성이 맹견 한마리
매일 밤 조금씩 주름져 흘러내리는 내 얼굴을 핥는다
혀처럼 떨어지는 나뭇잎 하나 잽싸게 긴 바람을 핥듯

대망(大妄)

폼페이 검투사의 집처럼 검게 내려앉은 저녁의 고속도로 위에, 검투가 끝나고 벗어놓은 피 묻은 갑주 같은 차들이 끝없이 도열해 있었지 갑주 위로 유체이탈한 영혼과 체온이 아직도 뿜어져나오고 있었네

깊숙이 찔렸던 칼이 뽑히는 순간
고열의 온도계처럼 붉었던 칼의 체온

사상사고로 정체된 도로에서 우리는 고철이 된 거대한 괘종시계 한대를 견인해가는 낡은 수레를 보았지 몇시간째, 내 어깨에 기대 죽은 듯 잠자던 당신은 어느새 그 수레를 끌고 있었네 내 어깨 위에 묻은 당신의 체온은 내 좁은 혈관을 통해 서서히 명부로 떨어져 쌓여갔지

의지와 무관하게 멈춰지고 붙잡히는 순간이나, 잠드는 건
돌연 죽은 자가 죽을 자들에게
미처 못 산 제 몫의 시간을 걸어가는 일
서로 몸 섞듯 체온을 섞는 일

그날 우리는 도로 위에서 늙은 개의 맥박처럼 적적하게 뛰는 손목시계를 한 손으로 몰래 쓰다듬었지 멈춰진 각자의 시간을 모두 모아 명부행 고속버스 화물칸에 적재했다네

불현듯 양고기의 체온에 대하여 생각하다가
제단 위의 양고기처럼 당신의 무릎 위에 숨죽여 웅크려
누구를 위한 노래를 부를까 누구를 위한
울음을 흥얼거릴까

둘이 만났을 때 둘이 만나, 고작 찔리면 찔리고 상처 내면 상처 입는 구름이란 갑주를 만드는 데 열중했을 때 창밖으로는 시신을 실은 쌍두마차가 내달렸지 옴짝달싹 못하게, 저녁이 커다란 화물처럼 운석처럼 떨어져 나뒹구는 도로 위를 몇시간째 같은 자리 맴돌듯 멈춰진 이것은 오래된 자전의 원리

시곗바늘이 찢긴 기억의 사지를 깁듯 한 땀 한 땀 이어지

는 수천대의 자동차들 사이로
  제단 위 술잔 속에 떨어진
  죽은 자의 속눈썹처럼
  궤도를 이탈한 일초처럼
  새는 날았지 그 새가
  우리의 체온 속으로 까마득히 떨어졌네

구름의 결
서울 2009

오답노트

갸륵하게도 여전히 지구는 구름에 얽매여 있습니다. 지구는 얼마나 더 오랫동안이나 구름에 붙들려 있어야 할까요?

얼마나 더 아교풀 같은 구름에 들러붙어 우주에 고정되어 있어야 하는 걸까요?

검은 시험지에 인쇄된 지문 옆에는 푸른 눈물처럼 지구가 그려져 있고, 시험지가 나붙은 어둑한 교실 뒤에는 둥근 압정처럼 낮달이 떠 있다.

소년은 집으로 돌아와 기운 햇볕이 오려놓는 처마 아래 앉아, 지난 기말고사 시험지에 머리를 파묻고 틀린 문제 풀이에 몰입한다.

소년은 틀린 문제를 마저 풀고, 내일까지 오답노트에 정답을 백번씩 써 가야 한다.

소년은 대문 밖 키 작은 나무 우듬지 길게 자란 그림자를 발끝으로 툭툭 걷어차며 저녁이 가까웠음을 알아챈다.

마지막 수수께끼

유진. 아직 듣고 있나. 달나라 불법노점상 루나 프로스펙터에서 구입한 구름무늬 면류관을 쓰고 이 촌동네 최초로 구름의 결에 묻힌 사람. 당신이 깊이 잠든 구름의 곁으로 푸른 눈알 같은 두개의 운석이 낙하한다. 구름은 아무리 여러번 몸을 뒤척여도 불편해 보이는 특유의 자세로 누워 있다. 코앞에서 본 당신의 얼굴에는 부릅뜬 두개의 크레이터가 있고, 텅 빈 눈 속에는 구름의 파고가 높다. 우리는 이제 고철이 된 니어 슈메이커(NEAR Shoemaker) 호를 당신의 눈 속으로 밀어보지만 당신의 눈 속은 요즘 무척 거칠고, 유진, 그래도 우리는 민다. 다시, 우리는 오늘 밤 일생 구름의 가장 가까운 곁으로 근접할 예정에 있다. 날씨는 좀 어떤가. 구름을 폐종양처럼 키우며 참을 수 없는 고통 속에 몸부림치는 세상 모든 저녁 허공의 자세. 우리는 다 늘어진 북을 찢듯 그 허공을 찢었고, 유진. 아직도 구름에 얽매여 둥글게 자전만 반복하는 네 눈물 속의 서울에서 나는 전혀 잘 지내지 못하고 있다. 나는 결국 아들에게 수수께끼에 가까운 숙제만을 남겨주고 말았다. 대상 없는 절망, 구름에 대한 막연한 증오 따위들. 오늘 밤은 땀복같이 척척한 중력을 벗어버리고, 진공의 링을 빠른 스텝으로 떠돌고 있을 마지막 수수께끼처럼 누구도 내 기분을 풀지 못한다.

진공

하얀 천에 둘러싸인 채 들것에 실려 나오는 구름의 잔해들
우주의 진공 속으로 썩지 않고 영원히 부유하는 정답

청동 레테를 돌리는 밤

쉼 없이 북쪽으로 걷는다고 해서 구름에 가까이 이르는 것은 결코 아니다. 녹청이 잔뜩 낀 아스트롤라베가 그렇게 말하고 있다.

서울 한가운데의 폐건물 옥상 위로, 점거농성 중인 불길들. 열기구처럼 서서히 부풀어오르는 한 꽃송이 검은 구름도 보인다.

물대포처럼 커다란 구렁이가 사람들의 허리를 으스러뜨릴 듯 휘감고, 탈출을 위해 그들은 열기구 위로 오르려고 안간힘을 쓰고 있다.

그들 속에는 소년의 아버지도 있다.

헌신적인 아버지는 소년의 시험문제를 온몸으로 푸는 중이다. 팽창할 대로 팽창한 열기구가 서서히 이륙한다.

폐건물 옥상은 불길에 휩싸인 함선.

그들이 항해할 방향을 지시해주는 아스트롤라베의 레테는 긴박하게 돌고, 적도의 자표선과 위도의 회귀선 등이 공중의 전깃줄처럼 뒤엉킨 채 표기되어 있다.

지상도 천상도 아닌 옥상은 끓는 피죽처럼 뜨겁게 용솟음치고, 소년의 아버지를 마지막으로 태운 열기구가 구름의 가장 근접한 곁으로 멀어져갈 시각.

다 늦게 엄마도 황급히 어딜 가고 없는 빈집. 소년은 아직 비정형의 고독과 싸우며 틀린 정답을 아흔아홉번 썼고, 한번을 마저 쓰다가 잠들어버렸다.

잠에서 깨면 바야흐로 점성술의 시대가 도래할 것이다.

잘 지내고 있어요
서울 2009

어렸을 때부터 끌어안을 수 있는 것은 무릎뿐이었어요
무릎을 껴안고 쪼그려앉길 즐기는 아이
무릎을 껴안고 몇바퀴 구르면 어제로도 돌아갈 수 있어
불탔던 어제의 어제로도 돌아갈 수 있어

오래되어 잔뜩 녹청 낀 세계의 주형들
아침 저물고, 저녁 저물고, 밤 저물고, 얼굴 저물고
세세연년 검은 동판(銅版)의 밤이 한결같고도
무시무시한 힘으로 지상에 찍힌다

아빠는 세상의 막다른 옥상에서 먹고살다 죽었고요
지난 시간들은 다 불타 흐르기 마련
지금보다 더 어리고 어려서 한없이 어려서
내가 한점 공기였을 때, 그저 한평 공간이었을 때
사랑을 나누던 그날 밤의 날숨이었을 때부터
나는 무릎을 껴안고 둥글어지길 즐기는 아이

저녁 화지(畵紙)에 찍힌 판화는 매일 다르다 조금씩

사람들은 다른 옷차림으로 판화 속을 걷고
그러나 먼 미래에 도래할 무수한 과거들 속
달라진 그림 찾기, 밤과 낮의 데깔꼬마니

동판을 창문 대신 붙여놓고 손톱으로 저녁을 음각한다
무릎을 인형처럼 껴안고 쪼그려앉길 즐기는 아이
기어이 무릎을 심장에 파묻은 아이
눈물로 가슴팍 한 줌 땅에 물을 주는 아이
마른 무릎에 물을 주는 아이

밤마다 심장이 한 덩이 구근처럼 격렬하게 뛰고
아귀처럼 눈물을 빨아먹고
심장에 묻힌 가는 다리는 무성한 가지를 뻗고
시곗바늘이 잠든 아이의 표정을 빈틈없이 꿰매고 있다

창문 대신 시계 대신, 집마다 내걸린 동판화
창밖의 거리를 다 빨아들일 듯 부릅뜬 아이의
잠에서 깬 까만 동공으로 터질 듯 가득 차버린

늙은 역사와의 인터뷰

1

길고 쓸쓸한 꿈자리에서 벗어난 새벽. 역사(力士)는 늙은 아들이 방금 집안에 남은 마지막 명부(冥府)행 티켓을 훔쳐 달아났다는 걸 알아챘다.

2

혼자 남은 새벽. 트랜지스터라디오에서는 낯선 내레이터의 익숙한 목소리가 흘러나온다. 역사의 백태 낀 눈앞으로 뿌옇고 황량한 국경지대가 펼쳐진다.

폭탄테러가 있던 어느 맑은 정오. 열여덟의 이라크 병사는 폭음과 함께 십년 동안 짝사랑했던 소녀의 머리통이 긴 생머리를 찰랑거리며 자신에게 빠른 속도로 날아오는 것을 분명히 볼 수 있었습니다. 그런데 이상하게도 소녀의 머리통은 어느 순간부터 눈을 부릅뜬 채 공중에 번쩍 떠 있을 뿐, 더이상 병사 쪽으로 날아오지 않았지요. 병사의 머리통도 함께 날아가는 중이었던 것입니다.

같은 방향으로 함께 날아가는 것

그건 끝내 이루지 못한 사랑의 힘이었을까요?

얼굴 없는 내레이터는 역사에게 마이크를 들이댄다.

어떻게 생각하세요? 생각보다 왜소하시군요?

역사는 코앞까지 내려온 둥근 달을 멀뚱히 바라본다.

올해 백열여덟이 된 역사의 등은 꼽추처럼 굽어 있습니다. 오랫동안 방방곡곡 방랑하며 마을에서 가장 무겁다는 것만 골라 들어왔기 때문이죠. 사실 그는 평생을 붙어다니며 고락을 함께했던 근육들에게도 버림받은 지 오래입니다.

역사는 며칠 전에 마지막 아들을 잃었습니다. 지금 역사가 아들의 영정 앞에서 욕을 해대고 있군요.—멀리서—

저것도 아들이라고 괘씸한 영감탱이!

늦은 봄날 마을 사람들은 살 오른 꿈 한마리를 끌고 역사의 집 옥상에 모였습니다. 꿈의 멱따는 소리가 날카롭게 마을 천지를 찢어놓습니다.

난 꼬리를 다오 난 꿈의 꼬리가 좋더구나
깨어나면 아무 기억도 안 나는 깜깜한 그 맛

역사가 염치없이 또 꼬리를 요구하는군요. 이번에도 혼자서만 잊겠다는 건가요. 모두들 한마리의 살찐 꿈을 남김없이 나눠먹고 픽픽 쓰러졌습니다. 오오 여러분, 드디어 역사가 지상에 천길 허공의 무게로 떨어져 있는 밤을 들어올리려 합니다. 그리하여 새벽.

역사에게 마이크를 넘깁니다. 좀 어떠세요?
그 재수 없는 달 좀 치워!
역사의 거친 언어생활은 마을 사람들에게 아주 익숙한 일입니다. 양지바른 곳에서 생간을 먹던 노파는 말했습니다. *그자는 흡혈귀야.*

이 모든 의혹에도 아랑곳없이 피곤한 역사는 오늘도 검은 그림자를 벨벳망또처럼 질질 끌며 방으로 돌아옵니다.

백열여덟해 동안 이 전설적인 역사가 아직 한번도 내던지지 못한 게 있다면, 유일하게 역사의 무거운 그림자뿐이 아닐까 생각되는데, 과연 그렇습니까?

……

역사는 제 그림자의 긴 지퍼를 열고, 침낭같이 목관같이 어둡고 아늑한 그 속으로 들어가 몸을 눕힌다. 이봐 친구,

나는 할 말이 없으니 부탁인데 이제 그만 그 달 좀 치워줘
내 그림자와 함께 안전하게 사라질 수 있도록

거짓된 눈물의 역사

거짓된, 눈물의 역사

꼬박 밤을 새운 형은 새벽부터 차려진 식탁머리에서 불현듯, 누구나 태어나 죽는 순간까지 흘리는 눈물은 일정한 프로세스에 의해 그 질량이 유지관리된다고 주장했다. 식탁 위에는 검게 탄 눈물 한 방울처럼 타원형의 고등어 한마리가 꼬리가 부러진 채 돌아누워 있다.

요컨대 개인이 쏟아내는 눈물의 양은 자의든 타의든, 떠돌면서 머물던 그 공간들을 정확히 채우는 질량이라는 거지.

형은 고등어를 헤집으며 말했다. 형의 가설에 의하면, 집터나 일터를 많이 잃고 버릴수록 그만큼 많은 눈물을 소유할 수 있다는 추론이 가능해진다.

좀 엉터리 같은데 형, 그렇다면 이 법칙은 독재자나 학살자 혹은 부자들에게도 평등하게 적용되는 것일까.

젓가락을 식탁 위에 탁 내려놓으며 형이 말했다. 글쎄, 그들 역시 구천이라도 떠돌게 되는 숙명에 대해서만큼은 평등하지 않을까. 혹은 지나치게 거대한 집에 혼자 남겨져 있거나.

소규모 건축사무소 소장인 형은, 밤낮으로 책상에 앉아

'눈물'의 평면도를 스케치하고 있다. 선대의 기억까지 소급하는 지난한 설계작업.

형이 이번 공모전에 출품할 프로젝트 제목은 '강변의 포클레인과 화마가 휩쓸고 간 눈물 혹은 거짓된, 눈물의 역사'이다.

밤. 우리 형제는 한이불을 덮고, 서로의 발뒤꿈치를 쓰다듬었다. 잠든 마을의 길고 피곤한 꿈속에서 역사의 움직임이 느껴졌다.

형! 그를 불렀으나 아무런 목소리도 낼 수 없는 건 이상한 일이 아니었다. 새까만 털과 콩알 같은 눈동자의 작은 개처럼 나는 형의 발등을 핥았다. 거실에는 '잘 지내고 있어요'라는 제목의 판화 한점이 혼자 훌쩍이며 내걸려 있다.

거짓된 눈물의, 역사

역사는 이빨에 오랫동안 피를 묻히지 않았다. 역사는 힘쓰는 게 힘들다. 하루만 지나도 음식에 쥐떼가 들끓던 그해 겨울. 역사는 한때 스스로 이 마을의 징후가 되고 싶어했다.

마당에는 형에게 고용된 베테랑 철거반 땅거미들이 어둑한 집 안으로 스며들어, 과묵하고도 은밀하게 마당으로 짙게 드리워진 역사의 그림자를 뜯어내고 있다. 관짝 같던 그림자의 일부가 뜯어지자 그 틈새로 역사의 부릅뜬 그러나 늙고 붉게 충혈된 눈동자가 끔벅거렸다.

역사는 나이를 거꾸로 먹는 족속. 그가 우리를 낳고도 아직 살아 있다는 것 자체가 정말 아슬아슬한 일.

형, 우리가 이곳에 뾰족한 이파리처럼 돋아난 이후, 마당 위로 삼십년간이나 내리고 있는 검붉은 새벽을 이제는 정말 저녁이라고 불러야 할까.

강변에 누운 상한 고기 빛깔 박명은 하늘의 속을 거꾸로 뒤집어놓는다. 우리가 우리의 집을 버리기 위해, 아직은 다시 세워야 할 새벽.

마당에는 그림자를 철거하는 작업이 한창이다. 사방은 어둑신하고, 부엌신은 어둑어둑한 얼굴로 뒷짐 지고 정제 밖을 노려보고 있으며, 우리 형제는 그림자가 말끔히 떼어내어지길 초조한 얼굴로 기다리고 있다.

케케묵은 뗏장 같은 그림자가 벗겨지자 그곳에는 더이상

어떤 상징도 아닌 '새벽' 한 줌이 유골함 속에 담겨 있다. 꽃나무마다 온통 하얗게 머리가 센 봄의 끝머리였는데, 참새는 전깃줄에 어정쩡한 자세로 앉아 있다.

끓는 물에서 막 건져낸 태양. 그 껍질을 벗겨놓은 것 같은 조각달들이, 달걀껍질처럼 빈 식탁 위에 흩어져 있는 새벽.

식탁을 마저 치우고 우리 형제는 다시금 움푹 파인 텅 빈 마당 한가운데로 나갔다. 우리 형제가 이번 생에 겨우 어쩌다가 세운 허공이라는 유적. 저마다 혈관 속에 한구씩 누인 허공이라는 시체.

지구는, 태양으로 매일 저글링하던 역사가 하품하며 흘린 감정 없는 한 방울 눈물, 우주의 차가운 열기 속에서 조금씩 천천히 흔적도 없이 말라붙을 것입니다,라고 나는 밤에 썼다.

거짓된 눈물의 역사

새벽잠에서 깨어난 지 오래됐는데
꿈에서 깨어나지 못한 지 오래됐는데

잠보다 길고 어둡던 꿈에서 깨어났을 때
처음 맞닥뜨린, 내 옆에 모로 누운 허공의 어정쩡한 자세
나 어렸을 때 병이 깊어 복수 찬 배를 땅에 질질 끌며
마당 한바퀴 돌고, 집 버리고 나가 죽은
그 작던 강아지만한 눈물 한 방울이
오늘 밤 내 발등에 떨어져
김이 모락모락 나도록 따뜻하고 축축하게 삶은
작은 행주 같은 혀로 내 발등부터 나를 닦아낸다
먹고 살고 죽는 저 높은 식탁 위에 물얼룩처럼 묻은 나를
말끔하게 아무런 흔적도 없이 감쪽같이

눈물이라는 긴 털

용산, 천안함 그리고

이것은 이상형에 대한 이야기입니다
나의 이상형은 털 없이 매끄러운 피부에 가급적 눈물의 숱이 적은 평범한 사람입니다

어디쯤 잘라서 정리할까요?
여기쯤? 아님 여기?

시신의 일부 같은 저녁의 서쪽 하늘 아래서 어머니는 제게 말씀하셨습니다
자고 나면 온몸에 털이 무성해지는구나
흑백사진 속 인화된 작약 같은 음색으로 어머니는 제게 말씀하셨습니다
내가 꿈속에 숨어서 혼자 많이 우나보다

깎아도 깎아도 끝이 없구나

누나는 턱밑까지 흘러내린 자신의 긴 머리카락을
자신의 얼굴을 엉망으로 헝클어뜨린 긴 머리카락을

마당을 가득 채운 편서풍을 이용해 정리하곤 하였습니다

그 며칠 아버지와 형은 한 방울 그을린 눈물처럼
길에서 흔적 없이 흩어졌습니다
걷다가 모르게 빠진 한 올 머리카락처럼
길의 질량과 부피에 아무런 영향도 미치지 못하였습니다

온종일 공중은 빗줄기로 무성히 뒤덮여 있었습니다
온종일 공중은 온통 시커먼 털들로 무성하였습니다
무성한 야생의 털 속을 헤집으며 날고 여기저기 옮겨 앉으며
어머니와 누나가 동시에 멧새처럼 합창하였습니다

그리고 거친 악보 위에서 잠깐이지만 정신을 잃었습니다

우리는 빗속으로 뛰어들었습니다
축축한 털로 무성한 넓은 가슴으로
공중이 우리 가족을 꼭 안아주었습니다

우리는 털이 무성한 핏줄을 타고 세상에 태어났습니다
천생의 탯줄과도 같은 그것 말입니다

바람으로부터의 보호

우리 시대, 인간의 역사

세포가 뒤바뀌는 시간입니다. 바람예보관은 사십구일간의 식사를 하고 있습니다. 이제 그만 예보관은 심장이란 작은 신발주머니 속에 거추장스러운 팔다리를 접어넣습니다. 식탁 위는 장마의 막바지. 조리장 잿빛 태양은 이미 표정이 깨끗이 지워져 있습니다. 텅 빈 식탁 위는 바람과 촛불들로 성찬입니다. 식탁 밑에서 쥐떼가 위를 노립니다. 예보에도 없는 바람이 부는 것은 예보관이 예보를 포기했기 때문입니다. 촛불과 예보관의 표정이 수시로 꺼질 듯 흔들립니다. 예보관의 심장 속에서 체온을 재고 있는 손가락들이 온도계처럼 붉어집니다. 바람의 손이 예보관의 옷깃을 잡고 격렬하게 악수합니다. 예보관의 팔은 한 세기 후에나 정복될 행성의 한 가파른 봉우리 정상에 꽂힌 지구연방의 깃발 같습니다.

세포가 저마다 색깔을 얻는 시간입니다. 이제 예보관은 거추장스러운 팔다리 따위가 없는 완전한 몸을 갖고 있습니다. 역사는 식사를 끝마친 그를 큰 항아리처럼 번쩍 안아올립니다. 그는 역사를 훑어봅니다. 힘줄에 포획된 채 폭발할 듯 부풀어오른 역사의 두 다리와 두 팔과 무수한 국경이

교차하는 손금의 손은 대체 무엇입니까. 작은 행성 같은 우리 몸뚱이 안에서, 폭발로 인해 몸 밖으로 터져나온 채 그대로 아물어버린 혈관다발들입니다. 불구의 흔적들입니다. 미개한 감정의 유물들. 역사는 마음의 근사한 치부인 양손을 모아 촛불을 들었습니다. 우리는 입술이 가장 많은 부족, 거리에 밝혀진 촛불은 모두 뜨거운 인중입니다.

역사라는 빈처(貧妻) 앞에서 예보관은 예보를 그만두었습니다.

지구의 외진 돌산으로 떨어진 작은 유성 같은

그의 양어깨에 이제 곧 높은 온도의 날개가 돋아날 것이 분명해 보입니다.

우리 귓속에서의 거짓 시절

너는 내 귀에 대고 뭐라고 속삭인다. 그럴 때마다 내 귀는 사막여우의 그것처럼 커다래진다. 공중에 떠도는 먼지처럼 작은 소리까지 놓치지 않겠다는 듯. 그러나 끝내 배신과 고통으로 가득 차버린 밤. 너는 오로지 거짓말을 반복한다. 너의 거짓말이 순수한 진심인 걸 안다. 어떤 경우에도 진심은 아름답기 때문에 따라서 네 목소리는 오늘도 아름답다. 내 귓속으로 너의 혀가 작고 예쁜 뱀처럼 기어들어온다. 기어들어와 한가운데 똬리를 틀고 겨울잠에 돌입한다. 거짓말이 다량 함유된 네 목소리는, 달빛으로 빚은 싸구려 캔디처럼 비슷비슷하고 익숙한 맛이지만 그것을 가볍게 극복하는 중독성이 있다. 오늘도 내 커다란 귓바퀴는 멀미처럼 토네이도를 뱉어낸다. 회오리가 빠져나간 귓속, 어지럽게 나뒹구는 세간들. 너의 뒤집어진 잿빛 침대와 난로, 한가운데가 푹 꺼진 초록의 소파, 삐뚤게 걸린 빈 액자 등이 금세 네 목소리로 말끔하게 리폼된다. 다양한 맛으로 구비된 달콤한 목소리를 오래 맛본 내 귀가, 오랜 변태의 시절을 견딘 내 귀가 허물을 벗고 커다란 입술로 서서히 모습을 뒤바꾸며 진화한다. 그렇다 이제는 내가 거짓을 속삭일 시간. 네가 남긴 얼룩지고 누렇게 변색된 벽지에 낙서로 그려진 태아처럼, 웅크린 네 혀의 그림자를 긁어내고. 오늘 밤 드디어 나는 네 귓속으로 가는 지도를 손에 얻었다. 오래전 한 시절 네 귓속에 내 목소리로 닦아놓은 초원과 내 목소리로 쌓아올린 문명과 내 목소리로 세워놓은 게르와 내 목소리로 마련한 세간들의 배치가 궁금해지는 것이다. 더 오래전 한 시절 네 구불구불 깊은 귓속을 들고나며 내 목소리로 그려놓은 벽화가 얼마나 희미해져 있는지, 아직도 슬픔의 문양으로 음각되어 있는지, 그 조잡한 문명을 들키고 싶지 않은 밤. 나는 잠든 네 위에 올라탄다. 아직 덜 자란 한마리 미성년의 낙타 위에 올라타고 귓등을 정성껏 핥아주며, 쓰러지면 쓰러진 채 죽을 것이라는 확신에 가까운 예감으로 가득 차, 조금만 조금만 달래며, 잘하고 있다고 계속하라고 응원하며, 네 굴곡진 귓속 깊숙이 타박타박 돌고 돌아 들어간다.

황색 날개를 달고 우리는

우리는 우리를 벗어나지 못하는 걸까? 이제 난 이렇게 날개까지 버젓이 달았는데. 수천개의 초록 혀를 빼문 마로니에 그늘이 작고 깊은 못을 만들고 있다. 그 안에 우리가 철새처럼 둥둥 떠 햇볕같이 많은 말들을 쏟아내던 오후. 아직 내뱉지 못한 말들을 둥글게 만 혀가 입술을 뚫고 위협적으로 입 밖으로 튀어나왔다. 딱딱하고 뾰족한 혀는 시나브로 구부러진 부리가 되었다. 아직 새장 속을 빠져나오지 못한 말들이 마구 뒤엉키며 구구꾸꾹. 이별을 말하기엔, 지금 이곳은 너무 밝잖아, 사람도 많고, 시끄러워. 서로를 붙잡으려는, 두 팔이 이미 견갑골 속으로 꺾여들어가, 몸속의 장기를 믹서처럼 휘젓고 있다. 즙액처럼 눈물 콧물이 흘러나왔다. 온몸의 장기가 몇배의 중력을 받으며 썩은 사과처럼 뚝뚝 떨어지고 뒤섞였다. 한참 몸속을 휘젓던 두 팔이 축축한 황색 깃털로 뒤덮인 채 견갑골 밖으로 다시 자라났다. 그리고 우리는, 그렇게, 새가, 되었다. 다른 종(種)이 된 우리는 잠시 뒤뚱거리며 어색하게 서로에게서 멀어져갔다. 흘린 과자 부스러기처럼 그동안 함부로 내뱉어진 말들을 눈에 띄는 대로 남김없이 쪼아 먹으며. 우리는 이제 어느 곳으로든 날아갈 수 있었지만 그곳은 항상 그림자라는 검은 새장 안이었다. 환경미화원은 땡볕 아래서 자신의 짙은 우리를 질질 끌며 죽은 비둘기를 쓸어담고 있다. 각자의 검은 우리 속에 갇힌, 기후가 다른 고향을 가진 짐승들처럼, 사람들은 무기력하게 뒤섞이며 오직 배회하는 것에만 목숨 걸고 있었다.

환절기에 찾아온 변성기

1

내 뾰족해진 목울대 위에 낡은 레코드 한장이 올려진 밤. 검은 레코드 위를 수많은 인구들이 온갖 잡음을 내며 빙글빙글 돌고, 그들 속에서 허공을 가리키는 거대한 손가락처럼 기린의 목이 불쑥 솟아 있다.

2

우리의 혀가 서로의 입속에서 리트머스 종이처럼 젖던 그날. 이제 더이상 서로의 목소리를 소유할 수 없겠다는 들큼한 이별의 어떤 느낌. 내 몸속에는 아직 재생되지 못한 트랙이 네 목소리로 폭발할 듯 가득했다. 미칠 것 같았다. 내 안의 네 목소리를 모조리 다 뱉어내버리겠다는 듯 내가 함부로 말을 내뱉을 때마다, 우리를 둘러싼 허공은 풍선처럼 조금씩 부풀어올랐다. 부풀어오르며 풍경들을 집어삼켰다. 도심의 인파와 뒤엉킨 목소리, 오래된 건물과 창문들을 빠르게 삼켜나갔다. 내 목소리로 가득 찬 허공에는 희미한 별들과 비구름으로 가득하고, 지구 반대편 우기의 대초원까지 들어앉아 있다. 초원의 성기처럼 발기된 목을 쳐들고, 난사되는 내 목소리를 피해 도망치던 거대한 기린이 네 무릎 앞에서 목을 늘어뜨리고 쓰러져 있다. 기린의 목을 한 떼의 포식자들이 허겁지겁 핥고 있다. 기린은 목을 부르르 떨었다. 간지러운 듯 목을 뒤척였다. 서서히 기린의 동공이 풀렸다. 기린은 긴 목을 갖고도 평소에 원체 말이 없었다. 기린의 목뼈를 으스러뜨리다 말고 암사자는 잠시 허공에 대고 기린의 목소리로 울부짖었다. 절정으로 치닫는 적막한 저녁식사. 순식간에 목소리가 다 뜯긴 기린을 버리고, 포식자들이 내 목구멍 속으로 도로 기어들어왔다. 이상했다. 나는 꺽꺽거리기만 할 뿐 더이상 아무런 목소리도 내지 못했다. 내 목소리로 하나의 행성처럼 팽창했던 허공의 대기들이 금세 다시 내 성대 속으로 빨려들어왔다. 마지막으로 뼈만 남아 너덜너덜한 목을 한 기린도 비칠거리며 내 입속으로 기어들어왔다. 바람 빠진 풍선처럼 도심의 텅 빈 밤거리가 나의 발 앞에 늘어져 있다. 갈기갈기 갈라진 내 목소리 사이사이에 일곱가지 소리의 검은 무지개가 연주됐다.

체온의 탄생

펄펄 들끓는 바다에 빠진 저 생쥐를 봐
날고 있어 바다 위를
파고는 바다의 체온계
고열로 펄펄 끓고 있지 지금
막 울음 터뜨리기 직전의 너의 표정
막 웃음 터뜨리기 직전의 너의 표정
막 찡그리기 직전의 너의 표정
막 고백하기 직전의 너의 표정
모두 체온의 기압골에서 만들어져
고양이보다 날렵하고 모공보다 작은 체온은
네 온몸 구석구석에 숨어살지
정수리와 겨드랑이
가슴팍과 사타구니
그곳은 체온들의 궁지
싱싱한 체온은 고열의 이마 위에 있는 게 아니라
무덤 같은 둥근 이마 속에서
부장품들과 함께 누워 있는 게 아니라
새벽의 찬바람과 함께

네 이마를 짚어오는 손바닥의
팽팽하게 당겨진 손금 위에 빨래처럼 걸려 있어
내일을 버리고 오늘을 떠날 때의 수은주
그것은 시간의 체온이지 잘 있어
잘 있어 눈물이라는 체온은 오늘 턱선까지 떨어지고
그저 그런 말들 입술의 삐죽거림 체온의 불거짐
눈썹을 휘날리며 양미간을 횡단하는 한줄기 북서풍처럼
너의 입김은 불어오고
막 이별을 말하기 직전의 너의 표정
이틀 만에 하루가 가고
우리의 체온이 두 배로 높았을 때를 기억해
지구는 또다른 터전을 찾아가기 위해
인류가 올라탄 한척의 유랑선, 유령선
여정이 시작된 후 가장 먼저 생긴 변화는
바로 망자의 탄생이었지
그것은 기억해야 할 것들이 생기기 시작했다는 뜻이야
지구에서 최초의 망자가 태어난 날을 기억해
우리는 위로해야 할지 축하해야 할지 몰라서

그저 악수를 나누듯
망자와 체온을 절반씩 나눠 가졌던 것을
함께 잘 살아보자고, 기억하겠어?
그 뜨겁지도 차갑지도 않았던 새로운 표정
그 옛날에 무척이나 따뜻했던 온기조차
이제는 위협적인 열기가 되어버린
지금의 이상한 체온을 말이야

기념일

우리가 함께 매일매일 무수히 구부렸던
숫자들을 모두 도로 감쪽같이 펴놓아야지

물고기처럼 평생 물거품과 키스해야지

생일날의 부비트랩

누구도 불지 않는 촛불은 점점 가늘고 뾰족해졌다. 자정이 되면 나는 천천히 몸을 일으켜 맨발로 조심스럽게 케이크 위에 설치된 서른다섯개의 부비트랩을 건너갈 것이다. 나의 얼굴을 뒤집어쓰고 가없는 밤의 적소에 남겨진, 가엾은 이들에게로 졸음처럼 흘러갈 것이다. 한 송이 촛불과도 같은 머리를 소유한 붉은 앵무새 한마리를 횃불처럼 어깨 위로 밝혀 들고.

어젯밤에는 아랫입술에 없었던 점이 하나 더 생겼다. 죽창으로 찌르듯 짧고 강렬하게 지나가는 복통. 너는 왜 해가 갈수록 다른 사람이 되어가니? 작년에는 없었던 나쁜 점들이 많이 생겼어. 그건 또 어떤 점일까. 까만 점일까 노란 점일까 붉은 점일까. 아랫입술을 매만지며, 나는 열배쯤 커진 귀와 코를 하고 여섯배쯤 느린 걸음으로 달 위를 걷듯 배회하다가 젖은 양말을 벗었다.

양말 속에는 가죽이 벗겨진 노루처럼 벌벌 떨고 있는 검붉은 그림자 하나. 아버지가 웅크리고 있다. 아버지 거기서 뭐 하세요 어서 나오세요. 아니, 아버지 여기서 뭐 하세요 어서 나가세요.

올무처럼 하늘 한가운데 일식의 달이 버젓이 은폐되어 있고, 매일 야간행군 하는 밤과 하늘이 그 올무에 발목이 절반쯤 날아간 채 쓰러져 있다.

늦은 밤의 깊은 창문들은 몽유병자들의 부비트랩. 이십사시간 천변만화로 폭발하는 계절과 풍경이란 지뢰. 창문에서 죽창처럼 튀어나온 빛들이 골목 끝까지 찌르고 있다.

내 손목 위에서 사방으로 가시 돋친 채 째깍거리는 부비트랩. 자정에 물구나무를 선다면 나는 밤과 하늘의 틈새로 추락하고 말 것이다. 창공 가득 날카롭게 번쩍거리는 별 끝이 내 몸을 꿰뚫을 것이다. 내가 한번 버린 빈집은 내가 다시 들어도 그냥 빈집으로 남을 것이니, 그 빈집의 의지를 존중하는 나는 밤과 하늘의 곡두.

밤의 적소에 깔린, 대인지뢰 같은 창문을 이마로 꾹 밟은 채 눈을 감는다. 가수면의 내 머리가 창문에서 떨어지는 순간 솟구칠 한줄기 섬광을 생각하며.

저녁의 끝으로 내몰린 개그우먼들

진정한 개그란 무엇일까
그녀들 가문의 가훈입니다
짧은 질문으로 이루어진 가훈의 힘은 대단하여서
그녀들은 매일매일 저녁의 끝자락에 모여
대대손손 개그를 사랑하였습니다 가가대소……
테라스 위에서만큼은
매우 고귀해지는 신분의 그녀들 가가대소……
텅 빈 테라스를 하늘 높이 이끄는 공중이란 이름의 애드벌룬
파상풍의 녹슨 다리로 삐걱거리는 철제 책상 아래
굴러떨어진 파지 같은 먹구름 등등을
그녀들은 대를 이어 개그의 소재로 활용하였습니다
가가대소…… 이 환절기의 붉은 제국이여
배꼽을 잡고 주저앉는 계절과 계절을 잇는 관절 사이로
내리꽂히는 적갈색 폭소여
슬랩스틱에 일가견이 있는 핏줄들은 엉덩이가 가볍고
멍이 가실 날이 없었습니다
철새의 부리처럼 작은 입을 앙다문 마지막 공주는

배란일에 맞춰 철옹성의 성벽 위를 날아 날아
희대의 악당의 품으로 떠났습니다
그러나 그 악당은 개그에 전념하고자 자원해서 전쟁터로
떠났고
여러날 후에 공주는 말잠자리가 알을 잔뜩 까놓은 흙탕
물 웅덩이가 즐비한
마찻길 한가운데 개구리처럼 널브러진 채 발견되었습니다
뭉개진 얼굴보단 뭉개진 마음으로 백성들을 웃길 수 있
다면
왕비는 우는 듯 웃는 게 주특기인, 한 시절을 풍미한 세기
의 개그우먼
가난한 나라의 지도같이 빈약한 체형을 하고
바위와 고목 들만이 즐비한 지형, 험하기 짝이 없는 체형
을 하고
물끄러미 보고 있노라면, 이상하게도 슬퍼지는 웃음의
체형을 하고
시큰거리는 시절의 관절로 쩔뚝거리며
백성들을 향해 손 흔들며 테라스로 납시었습니다

모녀에게 이별의 전날 밤이 허락되었다면
딸에게 말해주었을 것입니다
네 얼굴에 침을 뱉는 남자에게 웃으면서
연달아 사랑을 고백할 수 있다면
너는 진정한 개그우먼으로 거듭나는 것이다
짙은 일자 눈썹의 네 언니처럼
다리털이 시커멓던 네 언니처럼
웃기다가 너보다 먼저 죽은 네 언니처럼
대머리 가발을 쓰고 제 발로 성문을 걸어나간 네 언니처럼
우리는 대대로 웃음의 왕족, 웃기는 역사로 도배된 제국
온 국토에는 백성들이 어젯밤 잠결에 흘린 침처럼
비웃음만이 즐비하고
모녀가 함께 섰던 테라스에는
커피색 저녁이 육중한 융커튼을 흠뻑 적시고 있었습니다
사실 늙은 왕비는 오래전 이미 울음을 잃은 불구의 육신
너무나 울고 싶을 때 겨우 조금씩 웃을 뿐
웃다가 지쳐 쓰러져 잠든 딸들과의 기억과
고단한 백성들의 흙빛 얼굴 위에는

지저분한 주름만이 웃음의 폐허처럼
당장이라도 허물어질 듯 가득합니다

이해해요

프레스에 잘린 새끼손가락을 땅에 묻으니 하룻밤 사이에 무성한 나무로 자랐습니다. 이해할 수 있겠어요, 그런 거? 이 봄밤에 민머리와 배불뚝이는 핑크기타와 꽃무늬돗자리, 묽은 술과 삼일 밤 펄펄 끓는 잠 속에서 푹 삶은 돼지머리고기를 들고 그 나무 아래로 피크닉을 갔습니다. 세상에서 가장 캄캄한 곳에 위치한 정전된 전구공장을 지나는 동안, 비 맞은 생쥐처럼 떨리는 손을, 쥐덫같이 찬 상대의 손에 내맡긴 채 말입니다. 그들은 나무 밑 성긴 달그늘에 돗자리를 깔고 향기로운 고기와 술을 나눴습니다. 꽃무늬돗자리가 그들을 조금씩 강 쪽으로 북상시켰습니다. 강을 둘러싼 모든 풍경이 키들거리며 굵고 억센 손가락으로 그들을 거머쥐어 호주머니 속에 넣었습니다. 이해할 수 있겠어요, 그런 빈털터리들을? 양 호주머니만 냄새나는 엉덩이처럼 빵빵하게 부풀었습니다. 불룩한 아랫배와 민머리 위에 달빛이 검은 강물처럼 희번덕이며 흐르고. 어이 민머리, 너 이리로 와봐. 손에 든 거 갖고 와봐. 민머리가 꿈 밖으로 몰래 반입한 두통약은 퉁퉁 분 돼지머리만했습니다. 봄밤에 그들은 머리고기를 썩썩 잘라 먹으며 조금씩 거나하게 취

해갔습니다. 어이 배불뚝이, 노래 한 곡 해봐. 왜 있잖아 그거. 처녀 때 잘 불렀던 노래 한 곡 해봐. 후렴만이 기억나는 그 노래 한번 해봐. 그렇게 무수한 밤들을 걸어 시간의 무릎뼈 같은 달이 그믐으로 접혔습니다. 하얗게 튼 입술로 그들은 고래고래 악을 썼습니다. 자글자글한 주름의 입술에서 흘러나온 노래들이, 주름 따라 산산이 깨진 도자기처럼 바닥에 흩어졌습니다. 이상해 세상이 너무 조용해. 민머리, 우리 어디라도 갈까? 우리 너무 많이 왔어, 배불뚝이. 민머리는 무거운 추처럼 어깨를 짓누르던 밤과 젖은 옷처럼 몸에 감기는 비를 피해 기타 속으로 기어들어갔습니다. 배불뚝이는 가랑이 사이로 핑크기타를 끌어안고 노래했습니다. 열달 밤낮으로 이어진 노래로부터 탈옥한 민머리는 거미줄처럼 뒤엉킨 기타줄을 걷어냈습니다. 기타 구멍을 비집으며 기어나왔습니다. 그날은 아무도 태어나거나 울지 않기로 이미 오래전에 약속된 날이었습니다.

품

변변히 내세울 만한 원한도 없는 우리 대부분의 귀신들은 무일푼으로 구천에 남아 있습니다. 혈관 속을 이백쯤으로 확 내달릴 만한 압력. 생전 그런 건 없었어요. 뭔가 약간씩 부족했죠 뭔가가…… 기쁨도 고통도. 그것이 명부로 가는 티켓 마일리지 같은 것인데 말이죠. 살아생전 정신적 노동에 대한 댓가라고 할까요.

이상한 냄새였어요. 한번도 들어본 적 없는 기이한 신음 같은 그런 냄새였어요. 어쩐지 냄새에 가까운 소리였는데, 굳이 얘기한다면 오래된 사체를 태우는 듯한, 쥐어짜는 듯한. 그때 나는 고속도로를 달리고 있었죠. 그냥 한번쯤 나를 맛보고 싶을 때, 가만히 혀를 빼어물고 액셀을 끝까지 밟고 있으면 차내에 가득 차오르던 핏빛 적막에 휩싸여. 그때가 아마 백팔십쯤 됐을까요. 시간을 거스르기 시작하는 속도는 어디쯤일까요. 혹시 지났을까요. 하긴 무조건 빠르다고 다는 아니죠. 그 냄새 같은 소리와 그 소리 같은 냄새는 아무튼 적막과의 배합으로 발생하는 것만은 분명해 보였어요.

굳이 말하자면 발가벗겨진 사람 같았어요. 설마 귀신이었겠죠. 나는 차가운 밤의 고속도로에서 이미 공중부양도 충분히 가능한 속도 속에 포함되어 있었어요. 하지만 저와 제 자동차는 총알이 빗발치는 전장에서 얼굴이 까질 정도로 낮은 포복을 하는 용병처럼 시커먼 도로로 빨려들듯 달라붙어 질주했죠. 그 미확인물체 위를 공기처럼 투명하게 통과했습니다.

한국어로 점잖게 표현하자면, '아주 근사'하죠. 말해 뭐 합니까. 나의 1977년식 파밀리아레. 사람이든 귀신이든 무엇이든 방금 전처럼 시치미 떼고 투명하게 통과해버리는 능청스러움이라니. 부친 모친 그런 사람들에 대해 내가 그랬듯. 구름 속에서 검은 컨베이어벨트처럼 끊임없이 고속도로가 내려오고 있습니다.

저 멀리 충분한 안전거리까지 확보하고 에프킬라처럼 빛을 분사하며 비행접시가 내려앉았습니다. 기껏해야 파리나 모기처럼 생긴 외계인이 바나나 권총을 들고 내리지 않을까 예상했으나 외계의 합금덩어리에서 내린 건 부친 모친 익숙한 만큼 낯선 그런 사람들. 사실 그럴 줄 알았습니다. 처음이 아니니까요. 그리고 잔소리도.

그들은 말합니다. 얘야, 정말 유치하구나. 어떻게 귀신이 되어서도 상상력이 고작 그 정도더냐? 실망이구나. 아직 멀었구나. 저는요, 진짜 귀신이 되어서도 이렇게 살아야 하는지 모르겠어요. 얘야, 그럼 어쩌겠느냐. 도무지 증거가 없잖니? 너도 아팠다는 증거가.

유빙들의 고열

권츠-민델, 민델-리스, 리스-뷔름, 뷔름-오늘 저녁
기어이 하늘을 정복한 붉은 유빙들의 시간

하루가 실컷 빨다가 뱉어놓은 왕사탕같이
끈적거리는 태양이 컨벤션 센터 로비에 뒹굴고 있다
저녁별에 달라붙어 뒤엉킨 흙먼지처럼
잿빛 정장을 입은 사람들은
밤늦게 창문 속으로 화석처럼 기어들어가
네발을 창 쪽으로 가지런히 뻗고 잠든다

창문들은 그 속에 불규칙하게 가는 숨 쉬는
짐승의 화석 하나씩을 오래 품어왔고
거대한 유빙의 군단처럼 도시 곳곳으로 밀려들어와 정박해 있다
유구한 증발의 연대기 속에서
제국의 주치의들은 밤마다 고열의 창문에 물수건을 얹는다

식은땀으로 흥건한 내 찬 이마도 어느 멀고 이름 없는
얼음대륙의 끝머리에서 떨어져나온 한 조각 유빙

고열의 내 머리맡에서
코카트리케 한마리가 날 간호하고 있다 야음을 틈타
그리핀이 유빙들을 모조리 와드득 깨물어 먹고 있다
잠결에 내 얼굴을 만지는 찬 손들의 정체
불안을 가득 산적한 채 서서히 침몰하는 다섯 조각의 유
빙이
내 얼굴의 협곡에서 물길을 잃는다

권츠-민델, 민델-리스, 리스-뷔름, 뷔름-오늘 밤
손톱 속에 박힌 선홍빛 유빙들, 언 손끝으로만 서로
고열의 이마를 짚어줄 수 있는 시간
나는 유빙 속을 나는 새, 다 녹아 사라지기 직전인
내 두 손은 거대하고 튼튼했던 날개의 명백한 증거
새의 작고 찬 혀가 파도에 떠밀리고 떠밀려
내 입속에서 한 조각 여독으로 녹는다

다시 귄츠-민델, 민델-리스, 리스-뷔름, 뷔름-오늘 지금 이 시간

푸르스름한 고열로 전부 다 녹아 흐르는 순간

서로의 얼굴 이제 그 어디에도 흔적 없는데

이상하게도 아직 나는 이렇게 기적같이 살아 있다

가신들의 결혼식

권츠-민델, 민델-리스, 리스-뷔름 행진곡에 맞춰 어린이들은 행진한다 궁지의 극지에서 우리는 만났다 그리고 헤어졌다 금세 또 만났다 다시 녹아 증발할지도 모를 몸과 불안한 태생으로 극지의 궁지에서 우리는 만났다 유빙의 혈족인 우리 어린이들은 지금 미정형의 도형으로 파도 위에 떠서 혀끝에 녹는 솜사탕처럼 사라진다

오로라 면사포를 뒤집어쓴 당나귀와 영영 어린이인 나는 결혼식장으로 입장한다 우리가 서로에게 내뱉었던 의성의 태어들만 빼곡히 기록해둔 낱말수첩을 주례는 읽고 또 읽고 그리고 또 잃고 또 잊고 권츠-민델, 민델-리스, 리스-뷔름 행진곡에 맞춰 우리 어린이들은 퇴장한다

이것으로 간결한 결혼식은 모두 끝이 났다 나의 어린 신부여 쏟아진 가신(家神)의 뇌수 같은 회백색 파도무늬 드레스를 걸치고 지쳐버린 당나귀의 잔등에 올라탄 오늘 처음 보는 나의 신부 처음부터 끝까지 얼음조각처럼 차갑고 푸르스름한 웃음을 베어물고 있는 저 새하얗게 그을린 얼굴

의 계집아이는.

우리 어린이들이 무럭무럭 사라지며 만나고, 다시 어린이들을 낳았는데 그 어린이들이 다시 사라지며 만나고, 어린이들을 낳기 직전인데 그렇게 항상 계속하여 '직전'인데, 극지의 궁지에서 유빙이 떨어져나가듯 궁지의 극지에서 어린이들이 뚝뚝 떨어져나가는데 얼음들이 망망한 물속에서 깊은 키스를 나누듯 아주 잠깐만 하나가 되는데 엄숙한 서약 따위가 필요할까, 필요하다 그거라도

귄츠-민델, 민델-리스, 리스-뷔름 엇박자에 네발을 맞춰가며 하객인 늙은 노새 한마리가 쭈뼛쭈뼛 우리에게 다가와 그런데 사랑하나요? 묻는다면, 잠깐 이쪽으로 와서 언 발굽이나 녹이세요,라고 말하지 피로연의 불가로 이끌지 네개의 발굽 검은 숯처럼 호호 불며 불 피워가며

일찌감치 밤하늘로 부케처럼 던져진 달무리는 며칠 밤새도록 저토록 천천히 떨어질 테니 그믐날만 하늘을 날기로

약속한 펭귄들이 받아 가로챌 테니 잠깐 이쪽으로 와서 언 발굽이나 녹이고 말씀하세요,라고 지친 노새를 내 옆에 앉히지 불 가까이 눕히지 나는 그의 잔등을 베고 누워, 사랑이라니 그런 말은 또 어디서 배우셨어요? 물으며 둘이 함께 도란도란 흔적도 없이 녹아버리지 망망대해로 노 없는 돛배처럼 흘러가고 있는 이 불가에서

제3부

중력이란 이름의 신발주머니

저녁이면 나는
중력이라는 이름의 긴 주머니 낡은 기억의 신발주머니
그림자가 벗어놓은 신발은 그 주머니 속에 감춰놓았다

그날 밤 이후 줄곧 그림자는 내 신발을 신었다

천문학자 안의 밖에 대한 매우 단순한 감정

죽음을 앞둔 내 이름은 안. 이번 생이라 불리는 얼룩 묻은 한장의 거울로부터 드디어 작별을 고할 시간. 이제 나는 이 우주 어느 기슭의 낯선 거울 속으로 감금될까. 우주는 실체 없는 광막한 그림자. 거울의 숲. 무수한 거울들의 모자이크. 그 안의 행성들은 저마다 모두가 한장의 작은 볼록거울. 끊임없이 서로를 난반사한다. 어쩌다보니 한장의 거울 속에서 너무 오래 머물렀구나. 여기는 도시 외곽 종합병원 회복실. 라벤더 꽃송이들이 우주의 명멸하는 소행성들처럼 밤새 향기를 터뜨리고 있다. 한쪽 벽면의 거울 안에는, 나의 침대가 놓여 있다. 내 이름은 안, 하늘에는 아내의 둥근 손거울이 떠 있다. 내게 죽음이란 빗장뼈 안에 넣어둔 거울을, 밖으로 꺼내놓는 일. 나는 가슴을 뜯어내고 아내의 유품인 작은 손거울을 꺼내든다. 나는 안. 거울 속에 드리워진 거울의 이름.

거울 안의 거울 안의 거울 안의 거울 안의 거울

안의 거울 안의 거울 안의 거울 안의 거울 안의

거울에 비치는 표정 없는 내 모습. 거울은 항상 표정 먼저 빨아먹지. 거울 위에 사랑한다고 쓴다, 두번 쓴다.

태양에 대한 나의 고심

강렬한 흑요석 빛깔 왕거미 아타왈파는
태양의 흑점에서 태어나
함께 자란 이복형과 자신의 애인인 나를
점액질의 그물로 둘둘 감아버린다

안개 속에서 발생한 사람들 곧 뒤바뀔 사람들
나는 안개에 휘감겨 미라처럼 죽은 듯 누워 있다
수세기 동안 나는 그곳이, 가렵다
물론 태양이 뜨면 나는 잠깐 사라질 것이다

촘촘히 감긴 붕대 같은 안개 사이를 비집고 누가
내게 빨대를 꽂는다 갈증 나는
누구나 쭉쭉 빨아대는 더러운 빨대 구멍
그 둥근 개기일식의 태양 속으로 나는
아주 뜨거운 밤의 음료처럼 빨려들어간다

오늘도 신사 사거리 쿠스코를 찾은 내게
사생아 출신의 인자한 인상을 한 지휘관이자

주치의 프란시스코 피사로 경은 자신의
신음하며 잠든 부상병들을 위해
백팔십 자루의 총기에 낀 녹을 일일이 제거하며
어렵게 입을 연다 귓속말로 살짝
엄청난 비밀이라도 되는 듯,

아타왈파는 증오와 질투의 화신
아무튼 녀석의 질투는 알아줘야 해

빨대를 깨물지 마세욧 주스를 빼앗으며
간호사는 내 주둥이를 찰싹 때린다
피사로는 날 측은한 눈빛으로 위로했지만
굳이 간호사를 탓하진 않는다
피사로는 내 손을 꼭 잡고 날 진정시키며 묻는다

지금 창밖은 무슨 색입니까?
창밖이……!

스물일곱명의 말만한 간호사들이 차례로
나를 태우고 안개의 침대로 안내한다
병원을 조금씩 집어삼키고 있는 안개 속에서
헤어지지 않으려고 나와 피사로는
정수리 위에 희미하게 매달린
개기일식의 태양을 악착같이 움켜쥔다

정신을 차리고 보니 처형의 시간, 개기일식의 구멍은
수급이 잘려 달아난 근위대 병사의 목의 단면
방금 갈아입은 가운은 피와 정액으로 젖고
우리는 서로의 몰골을 보며 미친 듯 정신없이 웃는다

오늘따라 더없이 평온하고도 격렬한 태양
아타왈파의 훌륭한 해먹 그물 위에서
우리는 사이좋아 보이는 연인처럼 나란히 몸을 뉘었고
프란시스코 피사로 경은 짐짓
패군지장같이 비장하게 내게 마지막 당부를 한다

— 막(幕)과 함께 아타왈파(피사로 역)는
피사로('나', 환자 역)에게 지루한 듯 무표정한 얼굴로

잘 아시겠지만 제발이지 그대여……
매일 그 어떤 의미도 명분도 없는
태양을 소재로 한 이 오랜 놀이 속에서
거미는 죽이는 게 아니오
특히 이런 안개가 극성인 아침에는

외과의사 늘의 긴 그림자

늘 그도 사실 자신의 대책 없는 환자들처럼, 평생 태양의 발등 위에 두 발을 올려놓고 태양과 같은 속도로만 매일 아등바등 걷는다면 감쪽같이 제 그림자를 숨길 수 있다고 믿었지. 구름의 문양으로, 각양각색으로 병들어가는 걸 숨길 수 있다고 믿었지. 하지만 그것은 처음부터 잘못된 예방법. 늘의 동공과 하늘의 달은 잘못 끼워진 단추처럼 빛을 발한다. 마지막 단추가 풀리듯 달이 구름 속으로 스며든다.

복도를 카펫처럼 뒤덮는 긴 그림자를 매달고 수술실로 걸어들어온다, 늘…… 그는…… 뭐랄까 지구의 자전과 공전은 오늘도, 늘 그가 잠든 사이 몰래 그의 그림자를 밤새 감아놓고, 늘 그는 태엽인형처럼 째깍째깍 수술대 앞으로 간다, 늘 그런 그의 그림자는 도시의 새이자 꽃, 빌딩이자 도로, 혹은 바람, 또는 자동차, 그리고 묵은 먼지들, 가령 오래된 건물이자 골목, 이를테면 담장이자 가로등, 목하 가로수 그러므로 여름 저녁과 겨울 새벽과 구름과 비와 빛, 그 밖의 온갖 잡동사니들.

무엇보다 희미한 별들의 문양으로, 늘 막 수술을 끝마친 그의 그림자는 더 깊고 더 무거워지고. 그림자는 필요 이상으로 비대해진 내장기관. 그것은 몸의 모든 혈관들의 집결지. 늘 우울한 심장의 은신처. 육체에 전력을 공급하는 태양열 발전기. 긴 그림자를 덮고 잠들었던 심장이 깨어나는 시간, 늘 그는 침착하게 자신의 그림자 속으로 메스를 쑤셔넣는다.

이십사시간 지구의 자전과 공전, 도시의 불빛은, 시시각각 그림자를 돌려감아 잠든 우리의 태엽이 풀릴 틈을 주지 않고. 오르골 속의 태엽인형처럼 우리는 온종일 도시를 빙글빙글.

늘 한창 수술 중인 그의 그림자는 너무나 쉽게 변하고. 그림자가 수상하게 짙어지자, 늘 그는 깊은 우물 같은 그곳으로 몸을 던진다.

소멸의 에너지로 유랑하는 꼬리가 긴 유성
늘 그는 우주에서
그림자란 꼬리가 가장 길고 깊고 변화무쌍했던 생명체
늘…… 우리들의 그 늘…… 밤에 과연 자유일까

건강

성만 세개인 친구가 있었으니, 친애하는 블루스 윈드 킴 씨는 도전을 사랑하는 젊은이. 킴 씨가 주치의로부터 불치병을 선고받았을 때는 어느 환절기의 정오였다. 일차 데드라인은 불과 삼개월 남짓이었으므로 킴 씨는 마음이 급해졌다가 급기야 기묘한 흥분상태가 되었다. 일생일대의 미션을 전달받은 게 아닌가. 고대했던 도전의 계절. 도박에 가까운 이번 도전만 성공한다면 킴 씨는 죽어도 좋을 것 같았다.

공중부양 세계기록 보유자이기도 한 윈드 씨는 많은 도전 끝에, 자신이 학살이 이루어지고 있는 도시의 저녁 공기였던 시절을 희미하게 기억해냈다. 어떤 단서라도 찾겠다는 듯. 군대가 휩쓸고 간 도시, 진청색 투명한 곤죽의 저녁으로 눅눅한 블루스처럼 지하도박장에 스며들었던 시절.

블루스 씨가 꿈에서 깨어날 때마다 발바닥이 자꾸 딱딱해지고 푸른 혈관이 넝쿨처럼 등짝에 올라붙었으며 털이란 털은 모두 빠졌으나 대신 그 자리에 음표처럼 적록색의 잎이 돋기 시작했다.

벽돌처럼 무거운 햇볕이 거리 모퉁이마다 그득그득 쌓여가던 계절. 온몸이 미끈해진 킴 씨는 온종일 두꺼운 비니를 쓰고 다녀야 했다. 킴 씨의 머릿속 기억을 알사탕처럼 빨아먹는 비니, 비니를 벗자 킴 씨의 머리는 작고 홍건했다.

윈드 씨가 자신이 고작 구름이 빨다 버린 막대사탕에 불과한가 깊이 고민하던 계절. 주야장천 죽상을 하고 있던 하늘에서 잭팟이 터지듯 장마가 시작되었다. 끝도 없이 은화가 쏟아져내리던 계절들이 가고.

기적적으로 완쾌된 어느 환절기의 정오. 병원에 다녀온 블루스 윈드 킴 씨는 가벼워진 몸과 마음으로 복직한 회사의 옥상에 올랐다. 그리고 그저 오랜만에 담배나 한대 피워 물며 난간에 몸을 슬쩍 기댔을 뿐인데, 너무나 가벼워진 몸은 난간 밖으로 하얀 꽃씨처럼 한 잎 한 잎 점점이 흩날리기 시작했다.

마음만이 투명한 뼈처럼 덩그러니 남아 담배 한모금을 마저 빨고, 고백한다, 고백하지 않는다, 바람이 마지막 두장의 꽃잎 같은 입술을 차례로 떼어냈다.

타이어에 짓뭉개진 버찌들이 도로에 붉은 밑줄을 길게 긋는 계절. 그는 태생의 공중으로 퇴원한다. 무척 건강한 모습으로.

무적의 스파링 파트너

눈빛보다 빠른 주먹. 근사하지. 그것은 절대 헛것이 아니다. 저만큼 나가떨어져 넉다운된 챔피언이 그것을 증명한다. 그와 나의 관계는 비밀이 아니다. 불문율이다.

링 위에서 나는 챔피언에게 적대적이지 않다. 그의 나쁜 소문에도 관심 없다. 그를 쓰러뜨리고 나서도 비웃거나 모욕하지 않는다. 그는 나의 분신이니까. 다만 그의 고독이 커질수록 나의 그것은 알약처럼 작아진다. 덕분에 내게 있어 나의 존재는 견딜 만한 통증이다. 나는 작은 알약처럼 둥글게 웅크리고 잠든다.

나는 어제도 오늘도 내일도 불 꺼진 알전구처럼 까만 그의 머리통에 번쩍번쩍 불을 밝힌다. 눈빛보다 빠른 주먹. 숨소리만으로 한 상 가득 터질 듯 차려진 제단 위에서 벌어지는 일상적 노동. 그가 쓰러지기 전에 나는 쓰러질 자격이 없다. 그가 쓰러지고 숨이 턱까지 차오르면, 나는 다 태운 연초처럼 힘없이 꺼진다.

나는 잠들기 전, 내일도 챔피언을 때려눕힘으로써 그를 영원히 보호하고 싶다는 생각을 한다. 그의 마음을 다치게 하고 싶지 않다. 앙다문 그의 입속에서 젖은 낙엽처럼 뚝 떨어지던 붉은 마우스피스. 나는 거대한 주먹처럼 둥글게 웅크리고 단단한 잠을 잔다.

자고 일어나면 조금 더 커져 있는 무쇠주먹. 오늘도 어제보다 주먹이 조금 더 자라 있다. 점점 부풀어오르는 나의 감정.

나는 둥글게 만 혀처럼 빨간 글러브로 챔피언의 콧등을 툭툭 건드리고 강타하고 핥아준다. 나는 챔피언이 잘됐으면 좋겠다. 나의 다리는 썩어가는 목발처럼 깡마르고 시커멓다. 아무도 상대하려들지 않는 나는 무적의 불구다.

나의 몸은 그림자처럼 점점 희미해지고 오직 내 주먹만이 링을 가득 채운다. 누구도 내 주먹은 피할 수 없다. 내게 완벽히 맞는 글러브는 하루 이상 세상에 존재하지 않는다. 그러나 나는 오늘도 이렇게 버젓이 존재한다.

날개들의 추격전

폴, (마리아), 피터, 사막쥐, 양귀비

태양이 그들의 정수리에서 미끄러지자, 모두의 몸에서 검은 날개가 돋기 시작했다.

태양이 그들의 정수리를 기준으로 사십오도쯤 기울어지자, 짙은 그늘 속에 오십억년간 숨어 있던 까마귀는 날아올라 태양의 흑점이 되었다.

앵무새 모양을 한 황혼의 구름은 붉고 파란 날개를 파닥거리며 같은 욕설을 반복했다. 폴은 사막쥐의 아지트 'cafe 초원' 창가에서 (마리아)와 접선하는 것으로, 그 입버릇 고약한 구름을 더러운 나무 새장 속에 가둬버렸다.

온종일 그들의 발바닥에서는 검은 털 수북한 날개가 돋았다. 점점 길어지는 그림자는 태양에 대한 그들의 발기다.

공원 뒷산에 매복한 야생 양귀비꽃들. 공원에서 며칠째 유리걸식 중인 스파이 피터는 몸에서 가장 미개한, 시든 양귀비꽃빛 혀를 길게 빼물며 멍청하게 웃고 있다.

벤치 옆에 검고 커다란 날개를 떨어뜨린 사이프러스가 땅에 비끄러매진 채 수소 풍선처럼 공중부양 중이고, 그 그늘 아래서 재회한 피터와 사막쥐는 사이좋게 양귀비꽃을 따먹고 있다.

사막쥐처럼 피터는 앞니가 자꾸 자라고, 오래전 헤어진 (마리아)에 집착했으며, 잦은 기침과 함께 계속해서 허연 가래를 돈워 뱉어냄으로써, 주변을 돌소금 깔린 초원지대처럼 햇빛에 반짝반짝 빛나게 했다.

폴이 창문 속에 가둬버린 구름은 아직 그대로 갇혀 있을까. 까페에서부터 줄곧 은밀히 (마리아)를 미행하던 사막쥐가 캐내고 싶은 건 대체 무엇이었을까.

새장 속에 갇히면서 저녁의 구름이 정말 앵무새가 되었다면, 사막쥐가 잠시만 (마리아)에 대한 추격을 멈춰준다면, 누군가 모래시계처럼 세상을 뒤집어놓아 돌소금이 오월의 싸락눈처럼 밤사이 몰래 하늘로 떨어져 쌓인다면, 구름이 된다면, 피터의 푹신하고 척척한 혀 위로 반라의 양귀비가 상투적으로 벌렁 드러누워 있다면,

달라질 건 아무것도 없지, 오늘 밤이란 거대한 날개깃 아래서는

그들은 벗어날 수 없겠지만, 그들은 만나고, 입 맞춘다.

그들의 입속에 갇힌 작고 붉은 날개들이 아무런 감정도 고백도 없이, 격렬하게 잠시 뒤엉켰다 떨어진다.

욕조 속의 낙조

당신의 눈은 당신의 뒤통수에서부터 튀어나온 모서리다. 당신의 눈은 당신의 뒤통수를 부여잡고 뇌 속을 뚫고 잡념을 다 잡아먹고 거꾸로 불거져나온 뾰족하고 거친 두개의 뿔이다.

당신과 손잡고 욕조 속을 걸었다. 새벽이면 욕실 창에 깃든 찬 서리를 한달 넘게 모았더니, 사람처럼 미지근한 체온을 가진 고래가 되었다. 밤새 파도를 미행하다가 내 손톱 밑으로 떠내려온 욕조와 그 욕조 속으로 떨어지는 낙조의 시간이, 내 그림자를 커튼처럼 한쪽으로 잠깐 젖혀주었다. 우리는 얼굴이 붉어졌다.

당신의 손톱 밑은 항상 파고가 높고, 어서 빨리 저 어미 잃고 떠도는 고래가 익사하기 전에 끄집어내줘야 할 텐데. 고래의 눈에서 피어오르는 청색 파도의 포말.

당신의 손톱 밑으로 쇄빙선 한척이, 하얀 건반들로 가득한 남극의 오르간 공방을 지나치고, 지구의 욕조 같은 극지, 극지의 내장 같은 사스투르기를 부수며 아주 천천히 미끄러져 들어왔다. 욕조는 오래된 오르간에서 음계를 잘근잘근 씹다가 풍치처럼 빠져나온 건반이다.

오늘 당신의 눈은 커다란 욕조다. 욕조 속에 당신의 눈동자가 가득 차올라 찰랑거렸다. 밤에 까맣게 가라앉았던 머리카락들이 욕조의 각막 위로 조용히 떠오른 새벽. 당신의 각막 위에서 내가 물구나무선 채 일렁거린다.

욕조는, 우리는 모르지만 우리를 아는 누군가의 눈동자다. 동공 속에 당신과 내 정수리가 까맣고 희게 희번덕거렸다. 나는 희다 검은 자(者), 당신은 검다 흰 자. 흰 자 위에 검은 자, 검은 자 위에 흰 자, 우리는 걸핏하면 포개졌고, 우리의 희고 어두운 표정.

쇄빙선이 차가운 욕조 속으로 낙조를 수급처럼 질질 끌며 검붉게 사라졌다. 손금의 항로를 따라 쇄빙선은 운항되었고, 당신과 맞잡은 손이 유빙처럼 조각조각 하얗게 부서졌다. 나는 지금부터 그 퍼즐 조각들을 다 주워모을 생각이다.

천사

나는 그것을 흔히 천사라고 부르는데, 간혹 천사는 비를 타고 오기도 했다. 흥분한 비가 흥건히 우리를 적시면 기립한 우리는 모두 이곳의 발기다. 비틀거리는 산천초목은 지구의 적록색 구토다. 거대한 토사물 속에 천사는 산다. 천사는 나라는 나락의 가장 말단인 손톱을 붙들고, 메아리 같은 몸으로 매달려 있었다. 내 꿈을 덮는 홑이불처럼 말이다. 우리의 이런 관계는 상당히 오래되었다. 막 태어났을 때 내 손끝에는, 미완성의 잠언 끝에 박힌 작고 단호한 문장부호처럼 손톱이 찍혀 있었다. 내 손톱은 나를 붙잡고 있던 천사가 끝내 손을 놓아야 했던 마지막 순간 꾹 힘줘 눌렀던 자국이었다. 그날 이후 내 열개의 손톱은 밤이면 밤마다 나로부터 한장 그리고 또 한장 별들의 그림자가 일력처럼 뜯겨나간 흔적. 나는 해변 위에 그 신성한 손끝으로 이 글을 읽는 무고한 당신에게 저주의 문장을 쓰고 망설이고 망설이다 지우지 않고 돌아왔다. 나의 두 손이여, 청색 파도가 밀려오는 열개의 붉은 해변을 돌며 녹색 안개의 이빨에 물어뜯긴 내 손톱이여, 오늘의 혼(魂)들이 읽고 있던 한장의 나를 어제로 넘기는 갈피여. 하루 한 페이지 두께로 손톱은 하얗게 조금씩 부풀었고. 잘라도 잘라도 내 손끝에는 열개의 말줄임표가 돋아났다.

복화술사

내게 단 한개의 지우개가 주어진다면
나는 그것을 가장 먼저 입술로 가져갈 것이다

오늘도 내 입술은 붉고 푸르스름하다
내 입술은 저녁의 대기 중으로
적적하게 녹아내리고 있고
내 셔츠 왼쪽 가슴께의 작은 포켓에는
앵무새가 고개를 내밀고 있다 아니다
다시 보니 심장의 일부가 붉게 불거져나와 있다

키가 무섭게 자라던 열두살 생일
낮잠에서 깨어보니
입술에 낙서가 되어 있었다
입술 위에 커다랗고 시커먼 입술이 그려져 있었다
입술이 커다란 입술에 시커멓게 잡아먹히고 있었다
처마까지 내려온 검게 빛나는 입술이
내 입술을 앙물고 있었다
그 입술은 내 입술을 금관악기 불듯 불며

내 몸속으로 음표들을 쏟아붓고 있었다
나를 풍선 불듯 불고 있었고
나는 공중으로 떠오르며 낯 뜨거운 고백들을
나도 모르게 자꾸 쏟아내고 있었다
나는 더이상 뼈가 없고
온몸이 목탁처럼 둥글고 단단해져갔다

내가 공터의 수양버들처럼
무수히 많은 목젖을 가진 오늘 밤
빈방에서 누군가의 기도소리가 들린다면
그것은 빈방이 맞는가 아닌가
다문 내 입술에서 낱말들이 흘러나온다면
그것은 말이 맞는가 아닌가
내 입술에서 흘러나온 자음과 모음 들이
서로 끌어안지 못하고 흩어진다면
벌레처럼 내 성대에 구멍을 파고 거기 잠든다면
그것은 벌레가 맞는가 아닌가

처마까지 내려온 검게 빛나는 입속으로
보름에서 그믐까지 하늘의 하얀 목젖이
나선형으로 공명하며 떨어지고 있고
나는 그 복화술사의 캄캄한 입속에 담겨 있다
그 속에서 매일 밤
나는 두툼한 지갑처럼 입술을 도둑맞았다
익사체처럼 강변으로 밀려온 새파란 새벽
내 입술은 텅 빈 채 새벽 속에 버려져 있다
사르르 복통이 지나갔다

튤립

백주대낮에 태양의 학살자들이 총탄같이 까만 동공을 굴리며 그 일대를 샅샅이 뒤졌으나 정원에는 정원사의 흔적은 없고, 튤립병정들로만 가득했다. 학살자의 청혼을 거절했던 한 여자도 가슴에 시퍼런 단검을 품고 정원 어딘가 함께 숨어살고 있을 텐데. 평생에 걸쳐 자신의 체중에서 그림자의 무게를 빼고 있던 정원사는 막 계산을 끝마쳤다. 고개를 들어 도열한 튤립들을 내다보았다. 그는 그림자의 무게를 뺀 자신의 몸이 정확히 튤립 한 송이의 무게라는 것을 알아냈다. 자정의 튤립들은 뾰족한 안구처럼 붉게 충혈된 채 또 한 송이의 노인이 합류하기를 기다리고 있었다. 그날 밤에 그는 튤립들의 대열 속에 섞여 바람 앞에 부동자세로 섰다. 어쩌면 그 상태로 날 수도 있겠다는 마음으로. 붉게 달아오른 철 지난 얼굴을 구멍난 호주머니에 넣었다.

달빛의 호주머니에서 흘러내린 얼굴들이 튤립처럼 왈칵 쏟아지는 새벽이었다. 한 여자가 그 튤립을 꺾어 달의 제단 위에 놓고 갔다. 학살자의 팔짱을 끼고 예쁘고 발랄하게, 잡초처럼 발돋움하며.

十二 총잡이들의 몽따주

一 온종일 시계는 내 눈앞에서 위협적으로 권총을 빙빙 돌렸다

二 시청 앞 시계탑의 총신이 정확히 여섯시 오십구분을 겨냥했고, 리모델링 중인 오랜 건물 옥상으로 명중된 구름이 풀썩 내려앉았다 총상 입은 구름은 황급히 크레바스 같은 시간의 깊은 틈새로 숨어든 것이다

三 늙은 창문들의 주름을 펴기 위한 리모델링이 한창인 S사의 외벽은 대형 천막으로 가려져 있다 천막을 걷으면 공터만 남아 있을 듯한 의심스러운 시간의 적요

四 구름은 비대한 엉덩이를 뒤뚱거리며 잠시 옥상 위에 머물렀지만, 곧 먼지 뒤엉킨 통풍구를 통해 수상한 연기처럼 건물 안으로 빨려들었다

五 그때 건물 앞을 통과하던 그 누구도 은밀한 구름의 잠입, 혹은 은신을 눈치채지 못했다 한겨울의 여섯시 오십구분은 아침이든 저녁이든 어둑어둑했으므로

六 현관 입구에는 백년 된 괘종시계가 막 일곱번째 방아쇠를 당기기 위해 가래 끓는 소리를 내며 숨을 고르고 있었고, 인기척에 황급히 돌아서면 거리에 도열한

가로등은 지금 막, 켜지기 직전인지, 꺼지기 직전인지

七 눈가에 주름이 자글자글한 창문들을 보았다 그 초점 없는 눈동자 속에는 충혈된 구름이 두 눈 가려진 채 인질로 잡혀 있었다 거리에 즐비한 술집들의 창문은 지금 막, 닫히기 직전인지, 열리기 직전인지

八 나는 반쯤 마신 다크 럼 속에서, 나선형으로 흘러나오는 검은 구름을 손바닥으로 황급히 틀어막았다 뜬구름을 리볼버처럼 잽싸게 뽑아들던 총잡이들은 매일 어떤 얼굴을 하고 이 붉은 건물을 들고났을까

九 내 손목시계 속으로 도주한 열두명의 악당들이, 접이식 권총의 총신을 펴고 일제히 하늘로 방아쇠를 당기는 시간

十 나는 두 눈을 감고 거리를 뒤로 걸었다 거리 도처의 모든 반짝이는 것들은 총잡이들의 현상수배 전단으로 도배가 돼 있고, 사진에는 모두 같은 얼굴 다른 표정으로 인화된 구름의 몽따주뿐

十一 험상궂은 총잡이들……

十二 자리를 뜨기 전 난간 밖으로 뱉은 가래침처럼

내 꿈은 불면이 휩쓸고 간 폐허

뉴스속보가 거실 한쪽에서 왕왕거리고
저녁식사 중인 엄마는 다몽증 환자
꾸벅꾸벅 잠결에 내 잠까지 모두 먹어치운다
거대한 태풍 '불면'이 1899년 이후 니이가따현 쪽으로
하루에 일 센티미터씩 북상 중이다
북상 중인 달팽이……
태풍의 이동경로를 따라 장거리주자인 나는
불면의 중심에 가건물로 세워진 재해대책본부가 있는
결승점을 향해 오늘 밤도 달리는 중이다

누군가 내게 묻는다
이봐, 힘들게 너는 왜 하필 지금 잠을 청하려 하지?

오늘 밤엔 재밌는 일도 많은데
나는 적요한 불면의 눈을 향해 줄곧 달리는 중이다
나는 돌풍이 휘몰아치는 불면 속에서
팥죽 같은 잠을 뚝뚝 흘린다
길가의 창문을 티슈처럼 뽑아

모공 속에서 줄줄이 기어나오는 잠을 닦는다
작고 끈적하고 더운 뱀……
순간 지진으로 땅이 길게 갈라졌고, 나는 놀라서 외친다

이크, 뱀을 밟았군
내리던 폭우가 거대한 뱀 속으로 빨려들고
뱀은 적산가옥을 집어삼킨다

사실 코스 옆에서 잠 좀 자 잠 좀 자 연호하는
모든 관중들이 바로 지구에게는 끔찍스런 불면들 아닌가
하릴없는 저 불면의 부스러기들……
나는 달린다 잠이 비 오듯 쏟아진다
양 겨드랑이에 손바닥 발바닥에 기분 나쁘고
나쁜 기분이 들고 미끌하고 뭉클한 뱀 같은 잠이 자꾸 내
발목을 휘감는다

나는 길 한쪽에 분리수거된 아이스박스 속으로
머리를 들이밀고 들어선다

차가운 빙판코스가 내 앞에 펼쳐진다
불면의 긴 터널을 빠져나오자 설국(雪國)이다
*밤의 밑바닥까지 하얘진 듯하다**

오늘 밤 이미 그곳은 잠의 나라, 엄청난 잠의 홍수로 인해
혼슈 중북부 니이가따현에서 잠을 자던 12명이 숨지고
2명이 실종되었으며 주택 가옥 2만채가 침수(沈睡)되면서
2200명이 꿈의 대피소에서 피난생활을 시작했다는 소식은
내게 설렘과 흡사한 묘한 안락함을 준다

(사이)

태풍은 거대한 알약 같아 수면제 같아
오늘 밤 비바람은 창문마다
찬 입술을 대고 내게 자장가를 불러주네

(사이)

아직도 나는 미농지보다 얇은 꿈속을 달린다
내 꿈은 불면이 휩쓸고 간 폐허

(사이)

보고 싶다

* 가와바따 야스나리 『설국』의 도입부 변용.

식어버린 마음

내가 열고 싶었던 철통 같은 오랜 문짝의 이름을 딴
세상의 모든 옆구리처럼 깎인 하나의 열쇠
그것은 '식어버린 마음'

매일매일 출소해서
세상 모든 열쇠를 뒷주머니의 열기 속으로 다 삼켜버린
매단 별이 몇개인지 셀 수도 없는 태양이란 탕아를
다시 독방 속에 가둔
붉게 녹슨 저녁의 철문
그 찬 손잡이 잡고 비트는
검은 수염 덥수룩한 달의 열쇠구멍 속에
오직 검게 뭉개진 자물쇠의 표정 속에
오늘 밤은 어떤 리듬의 열쇠를 밀어넣어야 하나

흘러간 계절을 걸어잠그며 가는
거대한 열쇠 같은 철새떼의 대열은
검은 철문 우측 상단으로부터 돌연 발생해
좌측 하단으로 의미없이 내버려지고

흘러간 계절 따위 다시는 열 수 없도록
환절기 저녁의 배수구 속으로
소용돌이치며 빠져나간다

나는 오늘 밤 낡은 엔진을 소유한 경비행기 칵핏 속의
핸들 같은 앙상한 너의 어깨뼈를 붙잡았고
우리가 야간비행 중에 불시착한 모래톱은
대대손손 열쇠 세공사인 파도가 깎아놓은 열쇠
태평양 가장자리에 주인 없이 떨어져 있고
바다는 언제나 지구의 치마처럼 펄럭거리며 하얗게 뒤집어진다

거친 해풍 속에 내걸린 해먹 위에 우리가 눕던 날
해변은 해먹처럼 좌우로 흔들렸고
당신의 큰 손은, 쓸모없이 버려진 열쇠들을 평등하게 다 받아주는 검은 자물쇠처럼
손금의 굴곡이 어지러운 내 손을 잡아주었다

손이 손을 잡는 것
팔목에 매달린 단 하나의 열쇠와 열쇠가
다른 손금을 포개는 것 새롭고 같은 굴곡을 갖게 되는 것

열쇠에 매달린 거추장스러운 열쇠고리처럼 나의 온몸은
달빛을 여는 문고리 끝에서 흔들리고

침대 이야기

도무지 끝나지 않을 것 같았던 이야기의 첫마디가 끝나자, 방 안은 온통 흐느낌으로 가득 차 있었다.

방 한쪽에는 찢긴 페이지처럼 구겨진 시트들이 뒤엉켜 있고 몇명은 격렬하고 과장된 몸짓으로 뛰쳐나갔다. 나도 침대 위에서 몸을 일으키려고 했는데 이미 나의 측두엽 부근, 대부분의 세포가 침대 속으로 흡수되어 있었다. 나는 기우뚱 갸우뚱 어리둥절 엉거주춤 비틀비틀 비칠비칠. 엉클어진 이불을 부르카처럼 뒤집어쓰고, 침대 위에 두꺼비처럼 심술궂은 얼굴로 웅크려 앉아 있었다. 침대는 그림자가 솜이불처럼 무거운 나를 끌어다 덮고 메일 눈 붙이는 오래된 관. 벌벌 떨며 나는 내 그림자가 잠든 관을 쪼개 벽난로 속에 던져넣었다. 그믐의 불길 속에서 졸지에 화형당해 한줌 구름으로 흩뿌려진 내 그림자! 그의 날카로운 송곳니만이 며칠 후 상현(上弦)처럼 반짝이며 떴다.

더이상 이야기를 늘어놓을 이유가 없는 계절이었으므로. 이야기 때문에 죽고 사는 계절은 쓸쓸히 퇴장했으므로. 오히려 이야기가 쉽게 시작되고, 쉽게 끝나지 않았다.

인터미션이 끝나고 나는 다시 네 무릎을 베고 누웠다. 그래도 이야기는 역시 누군가 피 흘리며 죽는 게 최고지. 맞장구치며. 세상의 가장 작고 막다른 옥상같이 네모난 침대. 이야기를 듣기 위해서 나는 네가 있는 그곳으로 기어올라갔다. 이 모든 게 꿈이었으면. 너는 귀지를 파주며 다시금 이야기를 내 귓속에 쏟아부었다. 이야기에 취해 내가 죽은 듯 잠들자, 너는 아찔하게 높은 난간 같은 내 귓바퀴 위에 걸터앉았다. 깊은 우물처럼 하염없이 까마득하고 까만 그 아래를 내려다보았다.

내가 너의 이야기로부터 눈을 떴을 땐, 이미 내 귓속으로 네 분신한 몸이 던져지고 난 뒤였다. 활활 타오르는 몸뚱이를 던지고 난 뒤였다. 물고기는 달의 눈물, 불은 허공이 흘리는 피,라는 간략한 지령만을 남기고.

도무지 끝나지 않을 것 같았던 이야기의 둘째 마디가 끝나자, 방 안은 온통 침대로 가득 차 있었다.

뇌 속에서 흘러넘친 잡념처럼 머리카락이 쑥쑥 자라났다.

막 굴러떨어지기 직전의 눈물 두 방울처럼 너의 가슴이 내 앞에 그렁그렁하게 솟아 있었다.

벽돌의 시간

그래 네 말이 맞아 그날
나는 낮과 밤의 매우 비좁은 틈새로 스며들다가
새벽이나 저녁처럼 증발했고

그날도 나는 사라지고자 벽돌을 구웠지
잘 구워진 벽돌들은 안전한 얼굴을 하고
아무것도 목격한 게 없다는 얼굴을 하고
등 뒤에 나를 숨겨주지
그 등
　그 뒤
　　그 먼

정말 감쪽같이 사라져버렸잖아
거리에는 방금까지 뜨겁게 구워졌던
차가운 벽돌들만이 가득하네

새벽 속에 은신한 저녁이나
저녁 속에 숨은 새벽에만 벽돌은 구워지지

단단하게 그리고 투명하게
벽돌은 해를 삼키고
해는 벽돌을 뱉어내지
별이 지네 새가 날고 하늘에선 고양이가 떨어져내리지

나를 추격하던 황혼의 악당들이 탄 자동차가
벽돌 앞에서 푼돈처럼 구겨지네

나는 벽돌들의 넓은 등 뒤에
숨죽여 숨네
이유 없이 어둑어둑 아득한
그 등 그 뒤 그 먼 그 하루의 하루

혈관 속의 컨베이어벨트를 따라 흐르는 벽돌의 시간
아무것도 쌓을 수 없는 시간들만
내 몸속 어딘가에 쌓이네

작별의 먼지

모든 창문이란 창문들이
슬레이트처럼 탁 하며 닫히자
달빛의 조명이 쏟아지기 시작했다
지금부터는 먼지가 뭉쳐지는 시간
배수구를 배회하는
시궁쥐와 고양이는
골목의 달빛과 먼지들의 반죽덩어리

내 거울 속에는 쫓고 쫓기는
작은 발자국들이 가득하고
내 거울 속에는 예쁘고 빨간
원피스가 단 네벌

사철 너의 손가락 끝에 박힌
손톱은 누구의 이빨일까
허공이 깨문 이빨일까
바람이 깨문 이빨일까
손톱은 손가락을 깨물고

흔들며 놔주지 않는다

허공과 바람에 두 손이 물린 채 너는
붉은 눈의 토끼처럼 웅크리듯 서서
내게 손을 흔들고 있다
하염없이 잘 가 하염없이
이끼 낀 귀를 흔들고 있다
검은 먼지가 하얗게 흩날린다

폭설의 반대편 폭우의 건너편

이야기의 끝

우연히

아름답게 찢어진 커튼처럼 폭우가 내리고

일만삼천백사십번째로 간이 진료실을 방문했을 때

(그날은 나의 생일이었다)

수련의의 피곤한 눈꺼풀을 열고 손 흔들었건만

내 손에 만져지고, 내 손을 붙잡고 흔드는 건

단지 비바람뿐이었습니다

피가 침에 섞이듯

자다 깨 겸연쩍은 그의 웃음이 미명에 뒤섞였습니다

어젯밤의 토사물이 말라붙은 변기 같은 창문에는

인류가 동시에 뱉어놓은 가래침처럼

추접스러운 구름이 가득했습니다

그것은 이야기가 반복 재생되는 레코드의 노이즈 같았습니다

기적이군요! 이제 괜찮습니다

수련의가 내게 일만삼천백사십번째 똑같은 진단을 내렸

습니다
이제 저랑 이야기하는 걸 멈춰도 좋다는 뜻입니다
삭신이 쑤시네요 저는 아직도 이렇게 아픕니다

수련의는 만지작거리던 호두를 망치로 내려쳤습니다
당신의 뇌는 여기 이 녀석처럼 쪼그라들어 있었는데
이제는 충분히 기름지고 윤기가 흐릅니다
그게 다 그동안 우리가 나눈 이야기의 효과입니다
무중력 속에서의 가벼운 핑퐁처럼 무한정 반복되는

비가 눈으로 바뀝니다 농담같이 슬그머니
세계의 동공이 조금씩 풀립니다

단 오분간의 폭설로
시커먼 적설이 병원 옥상까지 삼켰습니다

수련의와 제가 있는 진료실은
심해 속의 기포처럼

우주 속의 작은 공기주머니처럼
한 점 공기보다 작은 소형 우주선처럼 먼지처럼
어둑어둑하고 희박하게 떠돌고 있습니다

진료실의 두꺼운 전공서들이
우리가 흡입해야 할 공기를 다 들이켜고 있습니다
활자들이 배고픈 환자처럼 식판을 들고 도열해 있습니다
우리는 폭설의 한가운데 있었고
폭설에서 비교적 자유로웠으며
침묵과 이야기는 세팅된 일정 비율로 혼합되었습니다

축축한 손아귀 같은 비바람이
우리의 머리와 사지를 깍지 끼듯 붙잡고
수십억년 전부터 매일 계속되었던 합창연습 시간에 따라
단조로운 리듬에 맞춰 일정하고 힘차게 손을 흔듭니다
우리는 속절없이 흔들립니다

이곳에선

물구나무를 선다면 당장이라도 하늘에 가득한 적설을 밟을 수 있습니다
여긴 희박하고 어둑하고 아늑하고 어지럽습니다

선생님, 멀미가 심합니다!

기적이군요! 이제 괜찮습니다

그리고 적막

幕.

| 해설 |

불면증자의 언어에 감광된 실재계

조강석

1. 자정의 맹견

이 시집은 자정의 시집이다. 시집에 "자정"이라는 시어가 빈번하게 등장한다는 사실 때문이 아니라 이 시집의 시적 주체가 자정에야 가능한 언어로 사물과 세계를 현상해 보이는 일에 온 힘을 쏟고 있기 때문이다. 자정이란 묘한 시간이다. 전구와 인터넷의 발명 덕분에 밤의 심장이던 '자시(子時)'는 밤의 경계가 된 지 오래다. 김중일식으로 말을 한번 '놀게 한다면' 자정은 이제 밤의 심장이 아니라 경계의 심연이다. 그러니 김중일의 시집 『아무튼 씨 미안해요』를 자정의 시집이라고 한다면 이는 밤의 경계를 일주하는 운동 때문이라 하겠다.

경계를 일주하기 때문에 이 시집은 밤에 속하지 않는다. 밤은 소리로 세계를 모으는 몽상의 시간의 일부이다. 또한 밤은 낮 동안 안막(眼膜)에 기록된 사실의 유빙들이 검증과 단속을 벗어나 활개를 펴는 시간이다. 밤은 집중과 탈주의 배후여서 우리는 밤에 마음을 둘로 쓴다. 잠에 어서 들거나 아직 못 드는 지대에 밤이 밤새 놓여 있다. 김중일은 바로 그 밤의 경계를 뜬눈으로 일주한다. 자정의 시인은 바로 이 경계에서 노동과 유희, 반성과 몽상을 가늠한다.

자정과 정오
하루에 단 두번, 약 일초간
이번 생의 나와 다음 생의 내가
우리가 정말 하나가 되어
서로를 그림자처럼 깔고 덮고 눕는다

—「초의 시간」 부분

페데리꼬 가르시아 로르까는 「발란사」(Balanza)라는 시에서 밤과 낮의 대칭성에 대해 "밤은, 언제나, 고요하고/낮은 가고 또 오고//밤은, 키가 크고, 죽었고/낮은 날개를 가졌고//밤은 거울 위에/그리고 낮은 바람 아래"(『강의 백일몽』, 정현종 옮김, 민음사 1994)라고 노래한 바 있다. '발란사'라는 것 자체가 천칭이나 저울이라는 것에서부터 균형에 따라 움직이는 운동이라는 것에 이르기까지의 의미역을 지니는 어휘이므로 로르까의 이 시를 밤과 낮의 표상들이 지니는 대칭적 운동성에 대한 것으로 읽는 데에는 무리가 없을 것이다. 로르까가 간파했듯, 밤과 낮은 다중적으로 대칭적이다. 그리고 그 대칭성은 오랫동안 시인들의 상상계 속에서 언어를 운동시키는 한 힘점으로 작용해왔다.

인용한 시에도 이 대칭성은 선명하게 부각되어 있다. 보라, 인용된 부분에는 밤과 낮의 대칭성에 대한 예민한 인식을 바탕으로 밤과 낮의 심장인 자정과 정오가 대칭되는 것들의 배꼽으로 제시되어 있다. 이것이 얼마나 명료한 감각인지는 자정과 정오의 짧은 순간에, 대칭되는 것들의 대표로서 현생과 내생의 '나'가 포개어진다는 극적 발화를 통해 영민하게 드러난다. 즉, 실존적 존재로서 여러가지 조건에 구속되어 '이렇게 살고 있는 나'와 이와 같은 방식이 아니어도 다른 형식의 삶을 지닐 수 있는 '가능성 혹은 기투로서의 나'가 찰나적으로 한 겹이 되는 단 두 시각이 자정과 정오라는 것이다.

그런데 이 시집에 실린 시들이 양자를 공평하게 다루지 않는다는 데 주목하자. 앞서 언급했듯, 이 시집의 관심사는 자정 쪽이지 정오가 아니다. 정오의 수납장에 자정을 개어두는 대신 자정의 한가운데에 정오를 펴놓는 방식으로 시들이 쓰였기 때문이다. 즉, 정오의 언어로 자정을 마름질하는 대신 자정의 언어로 정오를 감광(感光)하는 것이 이 시집에서 득의만면하는 시적 주체의 주업이기 때문이다.

> 자정에 찾아오는 주름투성이 맹견 한마리
> 땅에 떨어진 흙투성이 아이스크림을 핥아올리듯
> 자정에 찾아오는 상처투성이 맹견 한마리
> 매일 밤 조금씩 주름져 흘러내리는 내 얼굴을 핥는다
> 혀처럼 떨어지는 나뭇잎 하나 잽싸게 긴 바람을 핥듯
>
> —「맹견」 전문

이와 같은 시도 이 시적 주체의 감각적 맹성(猛省)이 오롯이 자정의 시간 어름에서 비롯된 것임을 단적으로 보여준다. 자정이 밤의 심장으로서의 자시가 아니라 밤의 경계로 전화됨에 따라 시적 주체는 자시의 깊은 고요와 몽상 속으로 빠져드는 대신 낮 시간의 생활이 남긴 흔적들이 채 심연 속으로 사라지지 않고 안막에 난분분한 이미지들로 보존됨을 알아챈다. 이 시집에 담긴 많은 수일한 이미지 중 하나일 '자정의 맹견'은 바로 이런 연유로 출몰한다. 그것은 자시에 이르러서도, 아니 오히려 자시가 되어서 조용히 들끓는 감각과 상념의 파수견이 아니고 무엇이겠는가. 불면은 바로 그렇게 찾아온다.

2. 불면증자의 미농지

이 시집은 불면증자의 시집이다. 낭만주의자나 상징주의자가 아니어도, 바슐라르나 알베르 베갱을 인용하지 않아도 시가 낮보다 밤에 한층 더 속하는 것임은 새삼 다시 일러둘 필요가 없을 것이다. 밤은 몽상에 특화된 시간이기 때문이며 꿈은 이미지의 보고이기 때문이다. 우리는 20세기와 21세기의 한국 시인들 중에서도 몽상의 언어를 유려하게 펼쳐 보이는 이들의 이름을 여럿 꼽을 수 있다. 그런가 하면, 꿈속에서 봄직한 이미지를 자동적으로 유출하는 시인들의 이름도 여럿 떠올려볼 수 있다. 그런데, 불면증자라면? 몽상과 꿈속이 아니라, 상상의 유희와 이미지의 미필적 방목이 아니라 불면증자의 안막에 꿈틀대는 '자연산' 이미지들로 이루어지는 시라면? 얘기는 달라진다.

그러니 한편의 긴 시를 언급해보는 것이 좋겠다. 「내 꿈은 불면이 휩쓸고 간 폐허」는 이 시집 전체가 어떻게 발성되는지 그 음운론적 규칙을 방법적으로 드러내 보이는 시라고 할 수 있다. 긴 시이기에 한정된 지면에 전문을 모두 인용할 수는 없다. 사실, 이 시집에 실린 시 대부분이 긴 시이다. 그 말은 시 전편을 인용하고 낱낱의 작품들에 대해 설명하고 검토하는 작업을 맡은 이가 작업의 능률을 꾀하기는 이미 틀렸다는 이야기가 된다는 것이나, 각설하고 발췌를 해가며 이 시집의 음운론적 규칙이 되는 이 시를 살펴보자.

> 거대한 태풍 '불면'이 1899년 이후 니이가따현 쪽으로
> 하루에 일 센티미터씩 북상 중이다
> 북상 중인 달팽이……
> 태풍의 이동경로를 따라 장거리주자인 나는
> 불면의 중심에 가건물로 세워진 재해대책본부가 있는
> 결승점을 향해 오늘 밤도 달리는 중이다
>
> 누군가 내게 묻는다
> 이봐, 힘들게 너는 왜 하필 지금 잠을 청하려 하지?
>
> 오늘 밤엔 재밌는 일도 많은데
> 나는 적요한 불면의 눈을 향해 줄곧 달리는 중이다

몽상 계열의 시와 자동기술 계열의 시도 마찬가지지만 '불면 계열'의 시를 읽는 데에도 제1원칙은 시 안의 현실을 백 퍼센트의 내적 실재로 간주하라는 것이다. 시는 반영하거나 되비추거나 재구성하지 않는다. 시는 자신의 내부에서 내적 실재가 불거지게 하는 상징적 언어들로 이루어져 있다. 이를 기억하며 인용된 부분을 보라. '불면'이라는 태

풍이 서서히 북상 중인데 이 밤에 다시 불면과 엎치락뒤치락해야 하는 "장거리주자인 나"는 "불면의 중심"이라는 결승점, 즉 "적요한 불면의 눈"을 향해 레이스를 시작한다.

나는 달린다 잠이 비 오듯 쏟아진다
양 겨드랑이에 손바닥 발바닥에 기분 나쁘고
나쁜 기분이 들고 미끌하고 뭉클한 뱀 같은 잠이 자꾸 내 발목을 휘감는다

이 역전에 속지 말아야 한다. 불면증자가 애면글면 욕망하는 바는 바로 숙면이다. 그런데 불면증자는 시시각각 숙면을 욕망함으로써 숙면으로부터 멀어진다. 이는 망각을 욕망하는 자가 시시각각 망각의 대상을 상기함으로써 망각을 밀어놓는 역설과 같다. 인용된 부분에서 '나'는 비 오듯 쏟아지는 잠을 이기고, 기분 나쁜 뱀처럼 자꾸만 발목을 휘감으며 레이스를 방해하는 잠을 떨치고 불면의 핵심에 이르고자 한다고 말하고 있다. 물론 이는 역설이다. 도저히 떨구어지지 않는 잠을 이겨가며 한사코 불면에 이르고자 하는 이의 진술이 아니라는 것이다. 그것은 표면에 불과하다. 기실 이 발화는 아무리 청해도 숙면에 들지 못하는 이가 간헐적으로만 뱀처럼 찾아오는 잠을 오히려 이물감과 더불어 대면하는 현장을 지시한다. 그렇기에 '나'는 오히려 숙면의

심연이 아니라 '불면이라는 태풍의 눈'을 찾고 있다고 말하고 있다. 이 말의 이면을 헤아려야 한다. 이 발화의 문법은 욕망과 망각의 역설과 같은 문법이다. 이 역설을 발화하는 이의 바로 그런 필사적 속내를 읽어야 다음과 같은 또 하나의 역설이 '불면의 눈을 향하는 이'의 시적 창조의 비밀이 된다는 것을 읽을 수 있다.

아직도 나는 미농지보다 얇은 꿈속을 달린다
내 꿈은 불면이 휩쓸고 간 폐허

(사이)

보고 싶다

'불면'의 이동경로를 따라 레이스를 펼치는 "장거리주자인 나"는 미끌미끌하고 실눈을 지닌 뱀과 같은 잠을 발에 매달고 "미농지보다 얇은 꿈속을 달린다". 이 대목에서 역설의 틈새로 이 시에서 가장 곡진한 진술이 하나 발화된다. "내 꿈은 불면이 휩쓸고 간 폐허".

이 아름다운 발설의 본의를 놓치고 저 폐허를 단지 불면증자의 이미지 하치장으로 읽는다면 그는 21세기 한국시사의 벽두에 축복처럼 던져진 하나의 내적 실재와 더불어 움트는 한 세계를 잃게 된다. 저 폐허란 자정의 불면증자만이 볼 수 있는 '발란사', 바로 두 세계의 병첩이라는 창조적 사태가 무량무량 생겨나는 언어의 운동장이 아니고 무엇일까. "보고 싶다"는 간절한 소망은 바로 그런 창조적 열망의 간절함이 담긴 진술이 아니고 무엇일까. 그렇다면, 이 시집은 낮의 현실론자들이 핍진하게 진술하는 그럴듯함의 세계나 밤의 몽상가들이 임의로 부리는 이미지들의 놀이터가 아니라 자정의 불면증자의 얇은 미농지 같은 언어에 감광되는 실재계의 기록이 아니고 무엇이겠는가. 다음과 같은 구절들은 꿈속의 언어나 명정한 인식만으로는 단독적으로 닿기 어려운 어느 지점에서 발설되는 것이다.

죽음이란 빗장뼈 안에 넣어둔 거울을, 밖으로 꺼내놓는 일(「천문학자 안의 밖에 대한 매우 단순한 감정」)

사상사고로 정체된 도로에서 우리는 고철이 된 거대한 괘종시계 한대를 견인해가는 낡은 수레를 보았지(「대망(大妄)」)

물속에서 온몸을 비틀어/물의 금고를 열었던/열쇠의 형상을 한 물고기(「물고기」)

눈물의 숱이 적은 평범한 사람(「눈물이라는 긴 털」)

그림자는 필요 이상으로 비대해진 내장기관(「외과의사늘의 긴 그림자」)

내 손목시계 속으로 도주한 열두명의 악당들(「十二 총잡이들의 몽따주」)

그리하여, 다음과 같은 대목은 몽상과 인식의 경계에 선 불면증자의 언어만이 도달할 수 있는 하나의 진경이 아닐 수 없다.

매일매일 출소해서
세상 모든 열쇠를 뒷주머니의 열기 속으로 다 삼켜버린
매단 별이 몇개인지 셀 수도 없는 태양이란 탕아를
다시 독방 속에 가둔
붉게 녹슨 저녁의 철문
그 찬 손잡이 잡고 비트는
검은 수염 덥수룩한 달의 열쇠구멍 속에
오직 검게 뭉개진 자물쇠의 표정 속에
오늘 밤은 어떤 리듬의 열쇠를 밀어넣어야 하나

—「식어버린 마음」 부분

태양을 가둔 철문 같은 저녁을 비추는 달빛, 그 달빛의 자물쇠를 풀어내기 위해 필요한 리듬의 열쇠, '식어버린 마음'엔 식어버린 마음의 리듬이, '불면의 눈' 속엔 불면의 리듬이 필요하다. 그리고 태양에 달빛이, 몽상에 사유가, 불면에 꿈이 포개어지듯이, 상징들로 가득한 불면증자의 미농지에는 상징계의 언어에 포개어졌던 실재계가 감광된다.

3. 자정의 실재계

그런데 불면증자의 언어를 통해 현상하는 내적 실재에는 다소 이질적인 단층이 하나 포함되어 있다. 바로 '역사'를 알레고리화하고 있는 몇편의 시가 그것인데, 「늙은 역사와의 인터뷰」 같은 시가 이 계열의 대표작이라고 할 수 있겠다. 역시 긴 시이므로 발췌해서 읽어보자.

> 혼자 남은 새벽. 트랜지스터라디오에서는 낯선 내레이터의 익숙한 목소리가 흘러나온다. 역사의 백태 낀 눈앞으로 뿌옇고 황량한 국경지대가 펼쳐진다.
>
> 폭탄테러가 있던 어느 맑은 정오. 열여덟의 이라크 병사는 폭음과 함께 십년 동안 짝사랑했던 소녀의 머리통이 긴 생머리를 찰랑거리며 자신에게 빠른 속도로 날아오는 것을 분명히 볼 수 있었습니다. 그런데 이상하게도 소녀의 머리통은 어느 순간부터 눈을 부릅뜬 채 공중에 번쩍 떠 있을 뿐, 더이상 병사 쪽으로 날아오지 않았지요.

병사의 머리통도 함께 날아가는 중이었던 것입니다.
같은 방향으로 함께 날아가는 것
그건 끝내 이루지 못한 사랑의 힘이었을까요?

역사의 한자에 유의하자. 그것은 역사(歷史)가 아니라 역사(力士)로 표기되어 있다. 다시 말해, 그것은 이성적으로 개념화되지 않고 구상적으로 알레고리화되어 있다는 것이다. 이 시의 효과는 상당부분 바로 이 펀(pun)으로부터 발생한다. 이것이 불면증자의 미농지에 인화된 언어의 두번째 국면이다. 즉, 몽상과 현실을 '발란사'의 중재에 의해 등을 맞대고 공존하는 감각적 실재로 제시하는 것이 그 첫번째 국면이라면, 낮 시간의 사실관계로 인유될 수 있는 역사를 펀을 통해 밤의 놀이에 등을 대어놓는 것이 그 두번째 국면이라고 할 수 있다. 우리는 이 시집의 도처에서 펀이 빈번하게 사용되었음을 확인할 수 있다. 다음은 그 대표적인 예이다.

오리는 융커튼 같은 폭설에 가려져 보이지도 않는/오리(五里) 앞의 강을 보고 있었다(「새벽의 후렴」)

그럼에도 불구하고 그럼에도 불구처럼 불가피하게(「새들의 직업」)

구름의 주름 속에서 우리 잃어버렸던 여름을/구름의

주름 속에서 우리 잃어버렸던 이름을/구름의 주름 속에서 우리 잃어버렸던 시름을(「구름의 주름」)

위에서 펀은 현실감각보다는 유희를 위해 사용되었다고 말할 수 있을 것이다. 즉, 우리는 이 펀을 통해 발화주체의 상상력의 계열을 가늠해볼 수 있다. 말실수를 통해 무의식에 의해 분절되는 실재계의 일단이 드러나듯, 동음이의어 놀이를 통해 결정적 차이 때문에 표면의 음성을 분절시키는 이면의 음운론적 규칙이 실재함이 증명된다. 그리고 앞서 인용한 「늙은 역사와의 인터뷰」에서 보듯, 불면증자의 말놀이는 온갖 상징적 체계들이 애써 미장한 역사의 맨얼굴이라는 실재계를 다시 고스란히 드러내 보여준다. 우리는 이 시에서 '요염한 구상성'(김수영의 표현)을 띠고 미농지의 문면에 자태를 드러낸 역사와 마주할 수 있다. 다만, 낮 시간에 수레바퀴를 돌리는 노동에 비유되는 국면에서처럼 역사와 마주하는 것이 아니라 자정의 감광지에 현상하는 바로서의 역사와 마주하게 된다. 이 시에서 시적 주체는 직핍과 권유 대신 구체적 인명들의 구체적 고통을 완롱하는 역사(歷史, 力士)의 맨얼굴을 상상적으로 부감하는 방식을 택했다. 시에 제시된 역사와의 인터뷰란 태연하게 폭력을 휘두르는 역사라는 맨얼굴과의 대면을 뜻한다.

얼굴 없는 내레이터는 역사에게 마이크를 들이댄다.
어떻게 생각하세요? 생각보다 왜소하시군요?
역사는 코앞까지 내려온 둥근 달을 멀뚱히 바라본다.

올해 백열여덟이 된 역사의 등은 꼽추처럼 굽어 있습니다. 오랫동안 방방곡곡 방랑하며 마을에서 가장 무겁다는 것만 골라 들어왔기 때문이죠. 사실 그는 평생을 붙어다니며 고락을 함께했던 근육들에게도 버림받은 지 오래입니다.

—「늙은 역사와의 인터뷰」 부분(이하 같은 시)

자신의 실력 행사 때문에 상처받는 사랑의 수효가 얼마이건 간에 역사는 등이 굽고 왜소하다,라고 이 시의 시적 주체는 말하고 있다. 이런 태도는 같은 계열의 시, 즉 "역사라는 빈처(貧妻) 앞에서 예보관은 예보를 그만두었습니다"(「바람으로부터의 보호」)와 같은 구절에서도 단적으로 드러난다. 직선적 시간의식에 기초한 근대의 역사철학을 들먹일 필요도 없다. 미래를 등지고 폐허를 바라보는 벤야민의 '역사의 천사'를 떠올릴 필요도 없다. 역사와 진보를 자동적으로 짝지어주던 낮 시간의 꿀잠은 시효를 다했다. 이제 역사의 맨얼굴과 대면해야 할 차례이기 때문이다. 평생 무거운 것만을 드는 힘자랑에, 그 서슬에 고통받는 개별자들의 이름에 무심한 채 일생을 다 산, 그리고 이제는 버림받고 등 굽고 왜소해진 역사라는 것의 맨얼굴을 자정의 불면증자는 하얀 몽상 속에서 끄집어낸다.

난 꼬리를 다오 난 꿈의 꼬리가 좋더구나
깨어나면 아무 기억도 안 나는 깜깜한 그 맛

의인화된 역사의 대사이다. 역사는 꿈을 먹고 꿈을 배설함으로써 신진대사를 이루고 노화를 재촉한다. 이는 꿈속에 들기 전, 밤의 경계인 자정에서의 불면이 역사의 맨얼굴과 대면하는 데 요긴한 까닭이기도 하다.

나는 할 말이 없으니 부탁인데 이제 그만 그 달 좀 치워줘
내 그림자와 함께 안전하게 사라질 수 있도록

급기야 이 인터뷰는, 역사라는 맨얼굴과의 대면은 역사 스스로가 자신의 그림자와 더불어 퇴장하기를 희망하는 것으로 끝을 맺는다. 불면증자의 정신승리법이라고 흠잡기 전에 이 시집의 시간이 자정에 걸려 있음을 한번 더 기억하자. 수레바퀴를 돌리는 낮의 노동이나 꿈속에 그리는 미래의 비전 대신 자정의 미농지에 감광된 맨얼굴로서의 역사는 주름투성이 곱사등이의 노추를 고스란히 드러내 보이고 만다. 역사의 맨얼굴에 가위눌리는 대신, 굽은 등을 펼쳐 그것을 곧추세우겠다는 주의주의적 희망을 낙타의 길잡이 등불로 들어 보이는 대신, 우선 곱사등이의 허세를 간파하는 시간, 바로 하얀 자정이 아닌가.

4. '발란사'의 시집

그러니 이 시집을 '발란사'의 시집이라 칭하자. 노동에도 몽상에도, 리얼에도 마술에도, 진술에도 유희에도, 정치에도 문화에도 기울지 않는 단 두 시각인 자정과 정오 중 자정에만 허락된 '발란사'의 시집이라 칭하자. 나아가 정오에만 허락된 '발란사'의 시집이 음영의 형태로 등을 맞댄 자정의 시집이라고 칭하자. 그의 불면의 자정은 독자들의 풍성한 실재계다.

> 바로 입으면 밤이고 뒤집어 입으면 낮이다
>
> —「고독의 셔츠」 부분

趙强石 | 문학평론가

| 시인의 말 |

당신을 생각한다는 것은 당신의 목소리를 가지고 싶다는 것입니다.

당신을 잃는다는 것은 당신의 목소리를 잊는다는 것입니다.

여기에 내가 가진 적 있는 당신의 목소리가 있습니다.

나는 여전히 내 감정의 출처를 모릅니다.

다만 어떤 노래의 끝머리에서부터 비로소 시작되는 후렴의 시간 속에서만, 현실과 슬픔은 겨우 희미하게 차오른다는 것을 압니다.

짐승의 밤을 건너고 있는 새와 그림자와 나와 당신에 관한 후렴들이 끝없이 반복되며 변주됩니다.

지금 이 순간에도 나는
흥얼거림으로 당신의 기억을 떠돌 수 있길 희망합니다.
여기 모든 이야기들이 고작 후렴에 불과한 이유입니다.

2012년 4월
김중일

창비시선 347
아무튼 씨 미안해요

초판 1쇄 발행/2012년 4월 25일
초판 6쇄 발행/2022년 8월 12일

지은이/김중일
펴낸이/강일우
책임편집/전성이
펴낸곳/(주)창비
등록/1986년 8월 5일 제85호
주소/10881 경기도 파주시 회동길 184
전화/031-955-3333
팩시밀리/영업 031-955-3399 편집 031-955-3400
홈페이지/www.changbi.com
전자우편/lit@changbi.com

ISBN 978-89-364-2347-6 03810